读客悬疑文库

认准读客读悬疑,本本都是大师级。

第四扇门

[法]保罗·霍尔特 著　李湘容 译

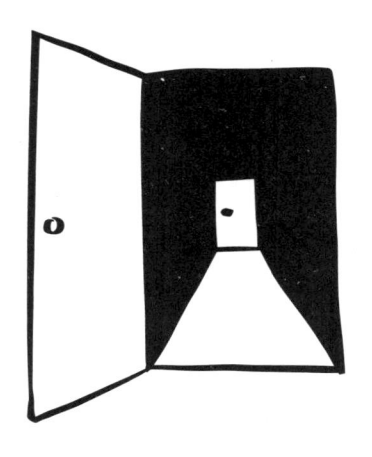

文匯出版社

图书在版编目（CIP）数据

第四扇门 /（法）保罗·霍尔特（Paul Halter）著；李湘容译. -- 上海：文汇出版社，2023.7
ISBN 978-7-5496-4034-8

Ⅰ. ①第… Ⅱ. ①保… ②李… Ⅲ. ①侦探小说－法国－现代 Ⅳ. ①I565.45

中国国家版本馆CIP数据核字(2023)第113731号

La quatrième porte by PAUL HALTER
copyright © PAUL HALTER 2007
Simplified Chinese language edition arranged with Shanghai Myscape Cultural Media Co., Ltd.
Simplified Chinese translation copyright © 2023 by Dook Media Group Limited.
All rights reserved.

中文版权 © 2023 读客文化股份有限公司
经授权，读客文化股份有限公司拥有本书的中文（简体）版权
著作权合同登记号：09-2023-0454

第四扇门

作　　者	/	［法］保罗·霍尔特
译　　者	/	李湘容
责任编辑	/	徐曙蕾
特约编辑	/	顾珍奇　徐陈健
封面设计	/	李子琪
出版发行	/	文汇出版社 上海市威海路755号 （邮政编码200041）
经　　销	/	全国新华书店
印刷装订	/	三河市龙大印装有限公司
版　　次	/	2023年7月第1版
印　　次	/	2023年12月第3次印刷
开　　本	/	890mm×1270mm　1/32
字　　数	/	148千字
印　　张	/	7.5

ISBN 978-7-5496-4034-8
定　　价 / 45.00元

侵权必究
装订质量问题，请致电010-87681002（免费更换，邮寄到付）

PAUL HALTER

La quatrième porte

由衷感谢罗兰·拉库布。我愉快地盗用了他的作品《胡迪尼和他的传奇》,此书由斯特拉斯堡表演技巧出版社出版。感谢他对本书"纪实"部分的贡献。

保罗·霍尔特

目 录

第一部分

1　深夜的微光　　003
2　噩梦　　012
3　离奇的自杀　　024
4　写给露易丝的信　　034
5　亡魂显灵　　051
6　野蛮的袭击　　060
7　分身术　　066

第二部分

1　危险的实验　　073
2　被诅咒的房间　　081
3　晕头转向　　093

4	心理学分析	107
5	无解的案件	133
6	那么……会是谁呢?	149

第三部分

幕间曲	171

第四部分

1	解释	183
2	绝望的警官	201
3	最后的谢幕	207

第五部分

尾声	215

第一部分

PART I

1
深夜的微光

那天晚上，我早早回到房间，准备好好看会儿书。我刚躺下，就听到三声轻轻的敲门声。原来是我的妹妹伊丽莎白，偏偏选择在这个时候来看我。

十八岁的她已经出落成一位亭亭玉立的少女，但我有时在想，她似乎并不自知。一段时间以来，她身上已经发生了太多改变。她的美丽没能逃过约翰·达内利的慧眼，他一直对伊丽莎白穷追不舍，大献殷勤。伊丽莎白显然有些受宠若惊，但她早已心有所属，那便是我最好的朋友和邻居——亨利·怀特。我的这位朋友平日里一贯镇定自若，可在年轻女孩面前，却总是极为羞涩，尤其是在伊丽莎白面前。显然，他对伊丽莎白情有独钟。

"詹姆斯，我没打扰到你吧？"她扶着门把手问道。

"当然没有。"我长叹一声，头依然埋在书里。

她来到我身边,在床上坐下,低下头,焦躁地搓着双手,然后用她那双大大的棕色眼眸仔细盯着我,眼里满是郑重:

"詹姆斯,我得跟你谈谈。"

"好吧。"

"是关于亨利的事。"

"啊……"

我十分清楚接下来会发生什么:两人都太骄傲、太羞涩,不敢互诉衷肠,我必须充当月老,成为他们之间的桥梁。

伊丽莎白把书从我手中夺走,抬高了嗓门:

"詹姆斯,你到底有没有在听我说话?"

我有些惊讶于她的反应,赏脸地看了她一眼。然后,我不紧不慢地点起一支烟,专心致志地吐出一个个完美的烟圈。在我们都还小的时候,我就喜欢这样激怒她:在她怒气冲冲的时候故意保持漫不经心的沉默,这总能让她气得暴跳如雷。我得承认,直到现在我依然保持着这令人恼火的恶习。不过,我也不想把她逼到绝处,最终还是说道:

"我听着呢。"

"是关于亨利的事,他……"

"关于亨利的事,"我重复着她的话,脸上露出一些热忱(她的眼神里闪过一丝不可思议的神情),"你等一下……"

我站起来,走到书架前,从一套厚重的百科全书中随手抽出第一本,把它放在伊丽莎白的膝盖上,略显戏谑地说道:

"既然你动不动就跟我谈他的事,看来这很有趣,所以我写了八百页关于他的专著,这还只是第一卷,而且……"

我猜她定会气得喘不过气来。只见她猛地起身,准备夺门而出,我赶紧半路拦下,又足足花了五分钟来哄她。

"说吧,我洗耳恭听。你可以信任自己的哥哥(我比她年长一岁),我保证给你解决问题。"

她深吸一口气,然后坦言:

"我爱亨利。"

"这我知道,不过……"

"亨利也爱我……"

"这我也知道。"

"但是他太腼腆了,不敢向我表白。"

"把一切交给时间吧,你会发现……"

"总不能让我主动吧,我不是这样的人,如果是这样,那我成什么人了!他可能会以为我像那些轻浮女子一样……不,不,不,绝对不行!"

两人陷入沉默。她暴躁地揉了揉眼睛,继续说道:

"三天前,我以为他就要亲我了。当时我们正在通往树林的小路上散步,天开始黑了,我跟他说我有点儿冷,他便环抱住我的肩膀,一言不发地继续走着。突然,他向我俯下身来,准备亲我——詹姆斯,我发誓,这是真的——他的眼神已经说明了一切。可是,他突然弯下腰去,从地上捡起一根破旧的细绳,然后大声说道：'伊丽莎白，看看我要做什么！'然后，他用绳子打了十几个结。"

"然后呢？"

"然后，"伊丽莎白忍住眼泪说，"他把鞋脱了……"

"然后呢？"

"又脱下了袜子……"

"伊丽莎白！你可别告诉我……等等，我猜到了，他用脚指头解开了那些结，是吗？"

"没错，"伊丽莎白悲叹道，"他甚至再也没想过要亲我。"

"哈哈哈！这个可恶的亨利，真是他能做出来的事！"

"这有什么好笑的！"

"可是，我亲爱的妹妹，你难道没看出来，亨利是想给你惊喜，想惊艳到你，我甚至觉得，他是在向你散发魅力！这就是他的方式……"

"我宁愿他直接亲我！"她郁闷地说。

这个亨利，简直是个怪人！从刚出生的时候起，他就与众不同。他是个早产儿，身体十分虚弱，但在母亲温柔悉心的照料下，很快就长成了一个精力充沛的壮小伙，从小就让身边的人吃尽苦头。后来，他对马戏和杂技产生了浓厚兴趣。他的父亲是一位颇有名气的作家，完全不支持他的这个爱好。他却不顾父亲的反对，经常混迹于马戏团，竟也学会了各种技能：连续空翻、杂耍、柔体，还有好些魔术把戏。多年之后，他的父亲终于放弃了抗争。于是，一到暑假，亨利就会消失好几个星期，只为了追随那些马戏团的艺术家四处巡演。他总是找各种借口讨要零花钱，他的父亲也总是出手大方。实际上，我觉得亨利有种急切的求胜心，几乎病态地追求在任何情境下拔得头筹。用脚指头解开绳结这种事完全就是他的作风。

我尽力掩饰笑意，安慰着我的妹妹：

"等下次吧。他只是想变个戏法来掩饰自己的慌乱。"

"我倒是愿意相信你，但我还是有些恼火！听着，詹姆斯，你得跟他谈谈，当然，不能太明显，但是你得让他明白。不然……"

"不然怎样？"

"我就会考虑约翰的求婚，"她一脸疏离地说，"虽然他的未来不怎么光明，他只是个维修工，但是他也不乏魅力……"

"你想让我怎么办？我又不是你的……得了，贝蒂[1]！"我突然喊道，"千万别这样，亨利嫉妒起来如同猛虎一样！他肯定会责怪我的。他是我最好的朋友，我可不想失去他！"

"嫉妒！那可真是太好了！可他甚至连一步都没跨出。嫉妒？我还在想这是为什么……不过，从现在开始，我要……"

她泪流满面地瘫倒在地，我无言以对。

"詹姆斯，我爱他，这样的期待让我难以忍受，你得帮帮我。他的父母去了伦敦，他现在一个人在家。也许你可以跟他聊

---

[1] 伊丽莎白的昵称。——译者注（本书注释如无特别说明，均为译者注）

聊，告诉他……"

"好吧，"我心累地说，"我试试看，但我什么也不能跟你保证。我看看……（我看了看手表），现在还没到九点，亨利应该还没睡。"

伊丽莎白走到窗户边，拉开窗帘。

"我没看到灯光，但是……噢，詹姆斯！詹姆斯！"她大声喊道。

我大步流星地走到她身边。

"我看到一道微光。"她颤抖地低声说道。

"一道微光？但是除了灯光，我没看到别的……"

她用颤抖的食指指向达内利家的房子……

"我确定我看到了，一道微光闪现，就在达内利夫人曾经所在的房间……"

我站在窗后，若有所思地看着这熟悉的景象。我们住在牛津附近的一座小村庄边缘，左边有一条大路直通到我们的房子门前。在我们对面，是条延伸至树林里的泥土路，两所房子正对着这条泥土路：道路右边是怀特一家的住所，左边就是维克多·达内利家的房子，它正好处在大路和泥土路的交叉口。这所瘆人的房子是高大的红砖结构，顶着众多山字墙垛，房子的底层则掩映在体量可观的篱笆后面，常春藤如同一件外衣，耀武扬威地攀附在房子的所有墙面上。这所房子唯一讨人喜欢的地方，是有一棵美丽的垂柳，然而这完全不足以弥补房子阴冷的气氛。房子后面是一排排紫杉、冷杉以及其他针叶类的高大树木，风猛烈地灌进来时，这里便会发出凄惨的哀号声。那可真是一片凄凉之地，我妹妹毫不费力地给它取了个名字，叫"呼啸山庄"。而且，这所房子早就臭名昭著，自从那天……此事发生在"二战"爆发的一年或者两年前，当时约翰才十二岁左右。他的父亲维克多·达内利是个企业家，正是意气风发的时候。他事业红火，家庭美满，儿子让他满意，妻子也讨人喜欢。她在村子里十分低调，深受人们的敬重。十月的一个晚上，他从伦敦回来，发现家中空无一人。约翰不在家，这不是什么稀奇事，他很有可能在朋友家玩耍，但是妻子不在家就很奇怪了，因为她很少会在这个时间出门。他四处寻找无果，没人见过她。他只好先去找到儿子，两人回到家时天色已晚。他找遍了家中所有地方，最后到改造成阁楼的顶楼，发现门从里面反锁了。他一阵惊慌，立即破门而入。眼前的恐怖景象给他的余生留下了难以磨灭的印象：妻子躺在血泊中，右手紧紧握着一把厨刀，手腕的血管被割开，身上还有多处刀伤。因为门窗都是锁上的，警察只能作出自杀的推断……然而怎么可能是自杀呢？除非达内利夫人突然染上了什么不可思议的疯病，否则绝不会以这样的方式结束自己的生命。她没有任何理由这样做。

没人能给出合理的解释，丈夫和儿子都没能想通。从那天起，维克多就深陷抑郁，变得沉默寡言，深居简出，只顾着打理自己的房子和花园。他的企业不久就破产了，于是不得不部分出租自己的房子，一楼留给儿子和自己，楼上两层都租了出去。第一批房客只住了六个月，就毫无征兆地无端离开。然后，战争就爆发了，军队征用了这所房子，众多房客来了又走。等到世界重归和平，他再次把楼上两层租了出去。一对年轻夫妇满心欢喜地住了下来，只可惜这样的状况没能持续太长时间，年轻的妻子就因为神经高度紧张住进了医院，她拒绝再次回到这所公寓。房客们给出的解约理由大抵相同：奇怪的氛围、越来越紧张的神经，还有阁楼上传来的奇怪声响。从那以后，这所房子就因为阴森而声名远扬，维克多再难寻得租客。那两层楼已经空置了四个月，直到近日，即将到来的拉提梅夫妇才改变了这一现状。这个消息成了整个村子的重磅新闻。

"现在那道微光已经消失了，但我确实看到了，是从楼上第四扇窗户那里发出来的，就是达内利夫人自杀的那间屋子……詹姆斯，哎，哎，你倒是醒醒啊！你在想什么呢？"

"你可能想太多了，你明知道再也没有任何人踏足过这间屋子，自从……"

"不过，詹姆斯，你认识即将入住的人吗？"

"我只知道他们是拉提梅夫妇，没人知道任何其他信息。按村子里谣言传播的速度，要是有人知道，母亲也早就听说了。"

"咦，"伊丽莎白远离窗户说道，"这房子真是让我起一身的鸡皮疙瘩，无论如何，我是不会住到那里去的。可怜的约翰！他可真倒霉！先是母亲发疯自杀，接着父亲也变得神志不清……

我在想，他在这偌大的破房子里竟然还没疯掉，这是怎么做到的！"

"说得没错。不过，约翰一直都很坚强。就算是在战争时期，被炮弹轰炸的时候，他也从未迷失方向，而且……"

"詹姆斯，我求你了，别跟我说这些了，战争已经结束三年了，我受不了回想这些事……"

"我不是想跟你说这个，我只是想说，约翰是个好人，不管在什么情况下，我们都可以信赖他。不管是谁嫁给他，都会很幸福……"

"够了！我知道你想说什么！我很同情他，但是……"

"你爱的人是亨利。你爱他，他也爱你，你们如此相爱，以至于没有勇气向对方表白。（我穿上外套）但是，幸运的是，你有哥哥在，我会妥善解决一切！"

她整个人挂到我的肩上，向我投来感激而担忧的目光：

"詹姆斯，不要说得太直接，他可能会觉得是我请求你这样做的……"

"事实不就是如此吗？"我冷笑道，"别担心，我又不傻，知道该怎么做。"我边走边补充道："你可以跟我们的父母公布婚约了。"

2

噩梦

  我带上了钥匙,因为很有可能会很晚才回来。关上大门的时候,我隐隐感到危险正在靠近。我自嘲了一番,却怎么也无法摆脱这没有来由的焦虑。我仔细看了看周围,雾气开始变得浓重,路灯照亮的范围也越来越窄,这更是让达内利家的房子平添了几分诡异气氛。我紧紧盯着房子的高处,追踪着可能出现的任何光亮,然而只是徒劳,整个房子沉浸在黑暗之中。

  我摇了摇头,推开小门,朝泥土路走去。一路上我都在尝试整理自己的思绪,最简单的解释往往是最合理的——让我们来看看:达内利夫人自杀以后,她的丈夫失去了对生活的热情,开始变得神志不清;然后有人开始听见阁楼里传来的声音,开始窥见一些微光。伊丽莎白不是第一个跟我说起这些事的人,亨利也曾跟我说过一次。他甚至还就此询问了约翰,但后者表示十分困惑，因为据他所知，自从他的母亲死后，再也没有人敢去那里冒险。

所以呢，情况其实简单得近乎幼稚：抱着与亡妻重逢的愿望，维克多总是趁着夜色来到那个被诅咒的房间——真是个可怜人。我完全可以想象出这个画面：他头戴睡帽，身着白色长袍，一手举着蜡烛，颤颤巍巍地走在通往阁楼的楼梯上；他想见的人已经死去，但至今他依然无法接受这个事实。没错，就是这样，基本可以这么认为吧……

我已经走了百来米，来到了怀特家门前。按往常惯例，我在门上小声而干脆地敲了三下。

没等多久亨利就开了门：

"詹姆斯！你来得正好，我正觉得无聊透顶呢。"

亨利个子不高，肌肉却比常人发达，这使得他的身形看起来有些笨重。一张宽大的脸上顶着一头浓密的深色卷发，中分的发型彰显着坚定又不失热忱的个性。

我们热切地握了握手，随后他把我请进客厅。

"说实话，我也不知道今晚要做些什么。"我尽可能自然地说。

"那可真是太巧了！这就值得喝上一杯庆祝一下！"亨利向我友好地眨眼示意。

我回了个默契的微笑，在扶手椅上坐下，对自己的谎言感到些许羞愧。

亨利走向酒柜，我听到他在低声抱怨：

"啊，这个狡诈的人！他又把最好的威士忌藏在了抽屉里！"（狡诈的人，指的是他的父亲。）

然后，他开始用力晃动着桌子上的一个把手：

"用钥匙锁上了！简直了，这个家里可真是信任泛滥呢！他要是以为一把可笑的破锁就能阻止我……"

他拿来一根回形针，稍微一转，就把抽屉门打开了。几乎没什么锁能抵抗他灵巧的手指。我还清楚地记得他去撬壁橱门，偷吃母亲藏在里面的果酱的事。

"敬这悲伤的秋夜！"他举起一瓶酒，得意扬扬地说。

"要是你父母心血来潮提前回来怎么办？你父亲看到我们掠夺他的私藏品，肯定会不高兴吧。"

"我们喝的这种酒，他是不会喝的。他那把年纪了，不能过度饮酒……行了，我去找几支雪茄，你来负责倒酒。"

"倒多少，一指高还是两指高？"我严肃地问。

"你觉得该倒多少就倒多少……"（言下之意就是倒满。）

在我专心倒酒的时候，亨利悄悄走开了。我抓起一本散落在桌上的杂志，深陷在扶手椅中，目光不禁被杂志内页上密密麻麻的铅笔字迹所吸引。

"亨利，"看到他回来以后，我问道，"你喜欢在报纸文章旁边写评论吗？"

"怎么，你不知道吗？"

"知道什么？"

"阅读的时候不做笔记，就如同吃饭不消化一样，是件荒谬至极的事。"

我耐心地等他解释这句话的意思。他微笑着说：

"这是我父亲的口头禅，听得我简直头大……唉，我跟你保证，做作家的儿子可不是什么容易的事！有时他会连续两三天消失在书房里，有时他会边跟我们说话边写下一堆与话题无关的笔记。我母亲已经习惯了，但老实说，这实在让我抓狂。总之……"

阿瑟·怀特是位知名作家。他曾攻读医学，毕业之后，先是在哈里大街上一位优秀的从业医生手里做助理，随后又开了自己的诊所。诊所的生意并不怎么红火，为了打发时间，他开始写短篇小说。他的作品在伦敦一本畅销周刊上发表后，一举获得成功。报社老板喜出望外，建议他弃医从文，专心写作，反正诊所也不太景气。阿瑟·怀特采纳了这条明智的建议，很快就声名鹊起。除了给报社写短篇小说专栏，他还写了侦探小说、冒险故事、科幻小说和一些颇受好评的历史小说。他竭尽所能地想让儿子继承衣钵，然而事与愿违，亨利的爱好与他的愿望截然相反。

我们静静地品着威士忌。

"他们不会这么快就回来打搅我们，"过了一会儿，我的这位朋友又继续说道，"父亲带母亲去伦敦看戏了，之后他们会去朋友家聚会，所以凌晨两点前，我们是见不到他们的。"

我朝他微微一笑，明白了他的言外之意：天亮之前，这瓶威士忌会被喝个精光。我突然想到了此次前来的任务，却不知道从何说起，引出这个棘手的话题。

我一边说着一些有的没的，一边绞尽脑汁。让我感到欣慰的是，亨利在此时结束了我的挣扎。他神情依然开朗，语调却低沉了下来：

"詹姆斯，我有件小事想麻烦你。其实，是关于……关于你妹妹的事。"

我沉默了一会儿，假装被震惊到了。亨利拿起酒瓶，用眼神询问我是否要添酒，我点头表示同意。他给我们两人都倒上，在扶手椅里舒服地坐下，若有所思地看着杯子里的酒，然后一饮而尽。话已经到了嘴边，他却又改变了主意，异常缓慢地点起一支雪茄，难以掩饰自己的局促。

于是我先开了口：

"她又闯什么祸了吗？"

"没有，完全没有。不过，这就是问题所在。那天，我本来准备亲吻她，但在最后一刻，我又改变了主意。我以为……"

我大声喊道：

"你为什么没有……"

"我很喜欢她……"

"所以呢？为什么你没有吻她？"

可怜的亨利被我的大嗓门吓得直发抖。我清了清嗓子，低下声继续问道：

"你倒是说说看,为什么没有亲吻她呢?我的老天,你没有任何理由不这样做呀!当两人彼此爱慕,就会互相亲吻。在我看来,你们确实是相爱的,这是再正常不过的事——是十分自然的人之常情——你没有必要抵触这样的举动,完全没有必要,你听到了吗,亨利?从古至今,男人和女人……"

我打开了话匣子,摆起权威的架子,然后又亲切地补充道:

"亨利,我的老兄,既然你想亲她,为什么不吻下去呢?你没必要瞪着你那双牛铃般的眼睛看着我,到底为什么,真见鬼,你倒是说说看呢?"

亨利一脸窘迫,如同一尊雕塑般纹丝不动。咽下好几次口水后,他一字一顿地说:

"我正准备跟你解释呢。詹姆斯,你这是怎么了?你要是喝不了威士忌,也许最好……"

"我?喝不了威士忌?你开什么玩笑呢!"

我拿起酒瓶,在亨利惊慌的眼神中倒满酒杯,然后示意他继续往下说。

"我当时正准备吻她,可是突然间……"

我用目光紧紧逼视着他。

"突然间……我产生了一丝怀疑。"

"怀疑!"我不禁愤怒地大喊。

"没错,我开始有些怀疑,怀……疑……"

"行了,我又不是聋子,我听明白了,但是你怀疑什么呢?"

他用手扶住额头,垂下了眼帘:

"我只是不知道伊丽莎白是否也对我有同样的感觉,所以我就从这个尴尬的境地中机灵地全身而退了。"

他机灵地全身而退!这可真是太好笑了!他用脚指头拆了几个绳结,这就是他所认为的全身而退!我几乎用尽了全身的力气,才能忍住不大声狂笑,结果却忍不住打起嗝来,喝了一大口威士忌才使自己平静下来。

"亨利,"我叹道,"我可以向你保证,伊丽莎白对你的感情,肯定不是友谊……"

我等了一会儿,好让亨利细细体会这句话的意思。过了好一会儿,亨利才开口说:

"你是说……"

"她爱你,就这么简单。"

"她爱我!"他突然情绪涌动,变得支支吾吾,"詹姆斯,你这么说不是为了……你当真确定……"

"当然了。虽然她没跟我吐露心声(撒谎撒得如此自然,连我自己都感到震惊),这只是因为她心高气傲,但是我又不傻,她的表现完全就是一个坠入爱河的少女。"

"詹姆斯,"他打断道,"你真的确定她爱的是我吗?会不会是约翰呢?你是没看到,这段日子他看伊丽莎白的眼神……"

他的眉眼间闪过一丝狂野的光芒,显然是嫉妒这个"绿眼怪兽"在作怪。我简直不敢想象,如果亨利撞见伊丽莎白被约翰拥入怀中，将会发生什么事。

我抬起手，试图安抚他。

"不，亨利，她爱的明明是你。你想，我作为她的哥哥，难道还不清楚她在想什么吗？她喜欢约翰？（我耸了耸肩。）快别逗了！根本没有的事。他只是个好玩伴、好朋友，仅此而已。"

亨利终于放下心来，想到约翰经历的不幸，又举起酒杯敬了他一杯。然后，我们频频举杯，敬伊丽莎白这个全英国最美丽的女孩，祝她身体安康。夜色渐深，我们喝得酣畅淋漓，越喝越亢奋。老实说，我们已经有些忘乎所以。亨利信心满怀地诉说着不切实际的幻想：我将成为最优秀、最厉害的杂技演员，我将获得无上荣耀。我要做这个，我将成为那个，他永远在说着我、我、我！听得我的耳朵都起茧了。

亨利是个热情忠厚的家伙，但是他这种想成为世界中心的强烈欲望实在令人恼火，让人厌烦！我不得不忍受了一场眼花缭乱的杂技表演。我毫不怀疑他在杂技上的天赋，但是想要以此为生，并享誉世界，确实有些难以想象。虽然他是我最好的朋友，可我也不想眼睁睁看着自己的妹妹嫁给一个狂妄自大的街头艺人。

当我明白他只是喝醉了，才渐渐打消了疑虑。我向他指出这一点时，他却回答，我也清醒不到哪里去。我们像两只搪瓷狗一样面面相觑，然后我笑得上气不接下气，亨利也笑得前俯后仰。我起身向皇室庄严地敬了一杯，亨利艰难地效仿我，随后便瘫倒在扶手椅上。我也筋疲力尽地瘫坐下来。亨利还有力气敬了自己深爱的人一杯。无论如何,我都不愿让伊丽莎白看到我们现在这样酒后伤感、胡话连篇的样子。若是让她见到自己的哥哥与平素里判若两人,不知她会作何感想!

"老兄,你在玩什么把戏?"我嘟嘟囔囔地说。(亨利不停地玩着一个小球,不断地把它抛起。)

"我在玩一个橡皮球,哈哈哈!"

他笑出了眼泪。过了一会儿,他又说:

"这是表演杂技用的,我改天给你看看。"

"不行,你马上就给我看。"我抗议道。

"这得需要情景……然后……而且……"

他瘫倒下去,马上就睡着了。为了表示好意,我也决定效仿。我关掉落地灯,很快就心满意足地进入了梦乡。

一个女人推着一辆婴儿车。有个孩子在哭泣。呻吟声十分微弱,有时甚至难以察觉,继而又变得越来越大声。女人不为所动地推着车,呻吟声现在已经变成了哭声。这个孩子的哭声听起来十分煎熬、十分难受、十分痛苦,似乎被一种可怕的悲伤侵袭着。他分明是在求救,但是没有人听到。这孩子的脸庞十分奇特,完全不是新出生的婴儿,而是一张成人的脸,一张我认识的脸……是亨利的脸!

我从黑暗中惊醒过来,吓出一身冷汗。尽管头痛欲裂,我还是尝试着拼凑一些连贯的片段,然而只是徒劳。我可怜的脑袋里像是在上演一场疯狂的旋转木马。

突然,我身边传来一声呻吟,脑袋里的旋转木马顿时消停下来。我竖起耳朵,却没再听到任何声音。难道又是这恼人的噩梦?我眯着眼睛,在黑暗中搜寻着,似乎能看清一些更暗的影子了。我到底身处何方?总之不是在我的床上。我在梦境与现实中苦苦挣扎。

渐渐地,我的思路开始变得清晰起来。我正尝试分析自己的梦境,突然又传来一声呻吟,把我吓得一哆嗦。我咬紧牙关,这一次我确信,是有人在这间屋子里啜泣。是亨利!客厅里只有我们两人,这声音只能是他发出来的。呻吟变成了哭泣声,如同我梦境里所发生的一样。亨利正在哭泣,可怜的亨利,他一定也在做噩梦。然后他开始说起了胡话:

"不……这太可怕了……我不要……妈妈,不要走……我求你了……"然后他突然醒了过来:"发生什么事了,詹姆斯?"

"亨利,我在这里。冷静点,你刚刚做了个噩梦,现在已经没事了。你不要动,我去把灯打开。"

我摸索着把落地灯打开,没有把它撞翻,然后走到亨利身边。只见他面如纸色,眼圈泛红,脸上写满了深沉的痛苦,看着实在令人揪心。我把手放在他的肩膀上,尽力安慰他:

"我刚刚也做噩梦了……"我挤出一个微笑:"不过我们也是有点活该,你不觉得吗,亨利?"

他像是没有听到我的话。

"我的梦实在太可怕了,然而最糟糕的是……"

"你知道,人很少做愉快的梦!"

"最糟糕的是,我完全想不起来梦到了什么……"

"那你还在抱怨什么?别动,我去弄点咖啡。一会儿就会好起来的。"

"詹姆斯!"他看着时钟,惊讶地大声喊起来。

我满怀担忧地盯着他看了许久,然后问他:

"发生什么事了?"

"已经快三点半了!"

"所以呢?"

"我父母现在还没回来!"

"但是,你不是说,他们凌晨三点前是不会回来的吗?"我安抚地提醒他。

"没错,你说得对,"他承认道,"而且,他们有很长一段路要赶。老实说,我都不知道自己怎么了……"

"你不知道自己怎么了……还是说不知道'我们'怎么了?"我凝视着尸横遍野的威士忌酒瓶,戏谑地说。

然后,我便起身去准备咖啡了。

三杯咖啡下肚,亨利终于打破了沉默:

"现在好一点了。但我还是很想回忆起噩梦的内容,这梦着实把我吓得不轻。我这辈子从来——"

此时,电话铃声突然响起,把我吓了一跳。

亨利呆呆地坐在扶手椅上，焦虑不安地看着我。他站起来，慢慢地走向电话机，犹豫不决地把手伸向听筒，然后深吸一口气，才突然摘下它。

几小时前，我走出家门时那种无以名状的预感，又在此刻向我突然袭来。我被压得喘不过气来，点燃了一支烟，强迫自己看向微微泛蓝的天空……

亨利挂断了电话。时间一秒接一秒地流逝，沉默渐渐变得厚重，令人难以承受。他一动不动，手依然放在电话机上。然后，他终于松开手，转头看向我。只见他面色铁青，一张脸被难以言状的痛苦折磨到扭曲。他茫然地看着我，嘴唇颤抖地说：

"他们出车祸了……我的母亲死了。"

3
离奇的自杀

大概凌晨三点的时候,阿瑟·怀特的车在从伦敦回来的路上失控了。

他开着一辆敞篷小汽车,车身翻过来整个压在了两个人身上。幸亏阿瑟体力过人,才毫发无伤地从事故中脱身而出。他的背部背负了几乎一吨的重量,并且长达二十几分钟,一群路人费尽了力气,才把他救了出来。这要是换成别人,早就瘫痪了。不幸的是,怀特夫人没能承受住冲击,在三点一刻左右撒手人寰。

遇到妻子露易丝时,阿瑟还在行医。露易丝是一个病人的姐姐,当时阿瑟正奋力从死神手中抢回她的弟弟,只可惜,他的努力没有奏效。他与露易丝日夜守候在病人的床头,轮番看护。然而就在他们婚礼的前几天,孩子死在了他们的怀里。他们举行了十分低调的婚礼,只请了一些至亲。

我曾看过他们的婚纱照,夫妻俩郎才女貌,十分登对:新郎一头棕发,高大强壮;新娘一头金发,长得纤小优雅,有着迷人的双手和双脚。她让自己的丈夫感到十分幸福,也让身边所有的人都感到温暖。温柔如水的眼神里总是散发着善意的光芒,永远面带笑意,仁慈宽厚,性格又恰到好处地内向。所有人都喜欢她,孩子们对她更是迷恋。我经常在他们家吃到快撑破肚皮,总是随便找个借口就往亨利家跑。

而且,阿瑟还有一间健身房,他每天都在里面锻炼一会儿,然后去野外散步一小时,不论天晴下雨,从来都是如此。只要他一走开,我们就会溜进去,在里面玩得不亦乐乎。怀特夫人要求我们在她的丈夫回来前,把一切放回原位,然后还会奖励我们几个小甜品。我现在还记得她做的玛芬蛋糕配上橙子酱的味道,我从来没有吃过比这更好吃的蛋糕。

露易丝突如其来的死亡令整个村子的人伤心不已,这里的所有人都把她当成自己的朋友。阿瑟悲痛不已,深陷自责。亨利则终日以泪洗面,近乎绝望,任何事、任何人都无法宽慰他。他一直十分看重身边亲近的人,尤其是他的母亲,他对母亲的依恋已经无法用任何言语来形容。一个孩子依恋自己的母亲,这是再自然、再正常不过的事了。所以这对他来说,是场十分可怕的打击。自从得知这个可怖的消息,他就变得消沉,这模样实在令人担心。

怀特夫人的葬礼令人感动又沉痛。维克多·达内利是唯一能保持平静的人。诚然,他的脸上也有悲伤的情绪,也因为朋友的痛苦而感同身受,但是我听到他在吊唁时发表了惊人的言论:"阿瑟,别哭了,您应该为她感到高兴,因为死亡并不是结束。我也曾遭受您今日之痛,我知道这有多么残忍。您以为已经永远失去她了,但是不要怕,她会回到您身边的。您很快就会再见到她了。你们会再次重逢的,相信我,我的朋友。"

"可怜的亨利,我们必须帮帮他,不能让他再这样下去了。我已经试过安慰他,跟他讲道理,但是他什么都听不进去。他要走出来可不容易。"

说这话的人是约翰·达内利,他身材高大,一头红棕色头发,脸上透出充沛的精力。这是个了不起的家伙,性格热情,乐于帮助任何需要帮助的人。

按往常惯例,亨利、约翰和我,我们三人每周六晚都会在小酒馆相聚。这是村子里最古老的房子之一。这周六晚上也不例外,不过亨利只来跟我们坐了一小会儿就走了,他比以往更加沉默寡言。

当时还不到晚上九点钟,我们坐在大厅一角的桌子旁,呆呆地看着亨利离开后留下的空荡荡的椅子。我们很喜欢这间低矮的大厅,天花板上的巨大横梁已经被一代又一代的烟民熏成了黑色,护墙板也早已经变得油光水亮,还有那吧台,人们可以直接从酒桶里接到本郡最美味的啤酒。酒馆老板弗莱德是个忠厚的家伙，他永远站在吧台后面，再也找不出比他更能带来温暖又友好的气氛的人了。他轻巧地为客人斟满棕色或琥珀色的佳酿，直到泡沫溢出酒杯。酒馆里人声鼎沸，随着时间的流逝，烟雾开始缭绕，让本就昏黄的壁灯显得更加暗淡。

然而我们根本无心作乐，约翰的眼睛里写满了跟我一样的忧虑。

"詹姆斯，你不觉得伊丽莎白能帮上点忙吗？你只需要跟她说……"

这个建议可能会让他付出代价，正因如此，才证明了他的灵魂有多高尚。我十分清楚，他很喜欢我的妹妹，然而他向我提出的建议只会让亨利和伊丽莎白走得更近。

我摇了摇头表示不赞同：

"伊丽莎白？她动不动就泪如雨下，哭起来没完没了。最好别指望她，她只会让亨利更为绝望。每次安慰别人的时候，她总会把人弄哭。在这件事上，她简直有天赋。"我停顿片刻，用更加稳重的语气说："亨利一定会走出来的，这只是时间问题。时间会抚平一切，不然很多人都无法幸免于……"

我立即住嘴，为自己的笨拙而感到难过。

"时间会抚平一切，"约翰缓缓地重复着这句话，异样的眼神迷失在一片空虚之中，"至少，会抚平一部分伤痛吧。或者说，能使伤口愈合……"

啊！我恨不得扇自己一巴掌！真是太蠢了！伤害已然造成，

约翰又想起了那个可怕的夜晚：

"那天晚上，我正在跟比利玩耍，父亲来找我……他当时惊慌失措……说母亲失踪了。我们回到家，母亲还是不见踪影……我们找遍了所有地方……父亲上了楼……然后我听到了他的大声叫喊，他从来没有像这样过……我也爬了上去，爬到了顶楼……最后一扇门开着，里面还有灯光……我跑了过去……我看到父亲跪在地上，母亲则躺在地上……"

"原谅我，约翰，"我支支吾吾地说，"但是……"

他继续说着，仿佛听不到我说话：

"我当时只有十来岁，父亲从此性情大变，人们都说他疯了……然后我们家就破产了……我不得不放弃珍视的学业，承担起家庭的重担……"他若有所思地看了看自己饱经风霜的手，"但比起其他痛苦，这根本算不了什么。我的母亲去世了，如果是死于意外，还好理解……但是自杀……为什么是自杀！她没有任何理由这样做……难道她在几小时之内就变成了失心疯，疯到了无可救药的地步……你要是看到她的尸体，简直难以想象……这看起来像某个在附近游荡的杀人狂魔的杰作……但是，这样的可能性被排除了，房间是从里面锁上的……多少次我在夜里惊醒，忍不住问自己这个可怕的问题：母亲为什么要这样做？为什么？因为我从来没有接受她疯了的这个说法。然而……"他叹了口气："就像你说的，詹姆斯，时间会抚平很多事情。总之……"

他艰难地强忍着自己的泪水。

我真是罪该万死,甚至找不出什么话来安慰他。我在心里把自己咒骂了无数遍,如此愚蠢地让人勾起可怕的回忆,这样的我简直不可饶恕。我没有别的办法,只得给他递上一支香烟以示安慰。詹姆斯,你可真是个可怜的蠢货。

约翰应该是看出了我的自责,他宽慰道:

"詹姆斯,这不是你的错。这本来就是无法回避的话题,亨利在十几天前失去了他的母亲,而我也在十几年前失去了我的母亲。两位鳏夫的家就住在对面,怎么能不产生联想呢?"

这道理显而易见,而我也只是更加觉得自己愚蠢:真是个连脑子都不会用的笨蛋。

约翰在我背上用力地拍了拍,然后说:

"好了,詹姆斯!不要自责了,事情都已经过去了!别为了我的事情闷闷不乐了,现在我们要考虑的是亨利的事。"

他向弗莱德打了个招呼,后者马上心领神会。很快,两杯冒着泡沫的啤酒就出现在桌上。

"小伙子,这次我请客。"弗莱德大声说着,嘴边挂着大大的微笑。

他总是声如洪钟,说话还带着夸张的手势——在这震耳欲聋的嘈杂环境里,这样才能让人知道谁是老板!

他收起微笑,脸色变得严肃起来,他抓住我们的肩膀,对我们说道:

"亨利这个家伙状态不怎么样,得有人摇醒他!他可真是不走运啊，这个可怜的家伙，但是……"

柜台那边传来一阵喧嚣，有人在叫他上酒。

"小伙子，我先过去了。好了！好了！来了！"他大声咆哮。

"拉提梅一家昨天晚上到了。"过了一会儿，约翰开口说道，

"怀特夫人的死让人们暂时忽视了这家租客的到来。今天下午我好像看见他们了。"

"他们长什么样？"

"男的四十来岁，一头金发，像是卖保险的；女的十分漂亮，一头棕色长发，她的微笑让人无法抗拒，大概三十五岁。这样的美人已经嫁为人妇，真是太可惜了！"他冲我眨了下眼，补充道。

"他们讨人喜欢吗？"

"乍一看是的，但是我们没有时间多聊，总之，看起来是很体面的人。"

"他们完全没有提到……"

"你是说半夜听到的脚步声，阁楼上的神秘光亮，还是别的想象力丰富的臆想？"

"约翰，你可是最清楚情况的，之前的那些房客都这么说！而且，他们都没有住很久……显然就是出于这个原因！"

约翰摇了摇头，嘴角挂着一丝讥讽的笑容：

"我们的房子是有些可怕，这点我承认。一个突然失心疯的女人，在十分可怖的情况下结束了自己的生命，这是不争的事

实。父亲从此变得神志不清，有时还举止怪异，这也是真的，但他还没疯到像人们想的那样。基于这些事实，人们就开始发挥想象力，捏造出……总之，这都是胡说八道。楼梯会发出吱吱嘎嘎的声音，这不是很正常吗？据我所知，楼梯是用木头做的！人们会在晚上听到这声音，这又是为何？那还不是因为大家都睡了，四下都静悄悄的！这不是很显然的事吗？至于阁楼传来的脚步声和神秘的微光……我可以向你保证，我从来没觉察过这些情况。"

"你的卧室在一楼，"我提醒他说，"你很难听到顶楼的脚步声，也看不到那个……房间是否被照亮！"

"确实如此，"他承认道，"但是没有任何人会爬到那上面去！就算所有这些传言都是真的，那会是谁呢？谁会有这么古怪的想法去扮鬼呢？说实话，我真的想不出来。"

我陷入了沉默。现在告知他我的推断是很不合时宜的事，然而现在事情只有一种可能性：他的父亲认为妻子的亡魂显灵了，要趁着夜色，去她曾经离开的地方与她会面。更何况，他去吊唁的时候，还跟阿瑟说过这样的话："……她会回到您身边的……您很快就会再见到她了……"这已经非常清晰了。但是我要如何跟他解释呢？如果有什么敏感的话题会伤害到他，那一定是他父亲的理智问题，但是我的推论又恰恰证实了他父亲的疯癫。不，我最好还是闭嘴吧。我已经做了够多伤害他的蠢事了。

约翰没有说话，他的心思显然在别处。然后，他突然说：

"昨天晚上,我给拉提梅夫妇帮忙搬了行李。"

我从烟盒里掏出一支香烟。

约翰有些犹豫不决,但还是继续说:

"拉提梅夫人跟我父亲在聊天……"

我平静地点燃了香烟。

"拉提梅先生跟我,我们正在搬箱子。"

我吸了一口烟,往天花板的方向吐出一个个烟圈。

"与此同时,父亲和拉提梅夫人就在大厅里……"

我的手指在桌上不停地敲打着。

"我们提着箱子,走到二楼……"

我长长叹了口气。

"放下箱子后,我们又下了楼……就在此时……"

"就在此时……然后呢?"我温和地重复着,尽量保持冷静。

"就在此时,我听到他们谈话内容的只言片语……说的当然是我父亲和拉提梅夫人之间的谈话。"

我失去了耐心,用拳头敲着桌子说道:

"然后呢?他们在说什么呢?"

"我没听到开头,但是我觉得父亲应该正在跟她解释,之前的那些房客如此仓促离开的原因,以及脚步声和一些别的事情。对此,拉提梅夫人作出了回应……不过,她的回答真的很怪异,我不知道该怎么理解……"

我大声清了清嗓子,尽可能冷静地问:

"她怎么回答他的?"

"她的原话是:'我不怕鬼,恰恰相反……'"

"恰恰相反?"

"对,她就是这么说的:'恰恰相反'。然后,她就没再多说什么,向父亲道了晚安,回到了自己的房间。"

"她喜欢鬼怪……"

"什么?"

"她不害怕鬼怪,恰恰相反,她喜欢它们的存在。"

"这说不通啊!没人喜欢这些东西!真是太奇怪了……"

"奇怪的事情太多了。"我叹了口气。

我又回想起十几天前在亨利家度过的那个夜晚。那天夜里,他从噩梦中惊醒,没来由地感到悲伤。他在梦里哭着喃喃道:"不……这太可怕了……我不想……妈妈,不要走……我求你了……"这一切就发生在凌晨三点一刻,正是他的母亲离开人世的时刻!

"你是说怀特夫妇发生车祸的时间?"他皱起眉头询问道。

"是……我是说,不是……"我支支吾吾地说,"没什么,我也不知道自己在说什么。我有点累了。"

约翰向我提议回家,我随即表示同意。

4
写给露易丝的信

"亲爱的,我头疼得厉害!"

"吃点阿司匹林吧,亲爱的。"

"我已经吃了四片了,还是没有作用。"

"那你还是忍着点吧,"父亲边调整领带边说,"亲爱的,我们得快一点了,马上就要迟到了。"

"头疼起来真是要命,"母亲呻吟道,"疼得我难以忍受。我应该去不了了,实在太疼了!"

"什么,"父亲生气地说,"你不去?怀特先生如此勇敢地克服了悲痛,组织了午餐,好让我们可以和拉提梅夫妇熟络熟络,建立良好的邻里关系;而你,就因为区区一个头疼就拒绝出席?你也不想想,这样做有多么失礼。来吧,快点!鼓起勇气来!"

母亲挺直了身体,脸色苍白地打量着他,然后冷漠地回答:

"我现在的状况不适合出去,我是不会去的。"

接下来是一阵沉默。

父亲看起来正处在爆发的边缘,但他还是控制住了自己,尽量挤出好脾气的和善脸色。

"亲爱的,"他握住她的手,低头说,"没有什么比顽固的偏头痛更令人痛苦了,我比任何人都更清楚这一点。很多时候,尤其是晚上,我也会被这突如其来的头疼弄得辗转难眠。但是为了不让我的苦痛打扰到你,我一直在强忍着……我头疼的次数比你知道的要多得多。没错,这很痛苦,但是以此拒绝阿瑟的邀请,还是有些说不过去……他现在正需要安慰,需要我们的陪伴,他丧偶才不到三星期,他现在很孤单,很无助。亨利帮不了什么大忙,他不帮倒忙就很好了。这次的邀请其实是一种求助,我们不能熟视无睹。他不会理解我们的缺席的,他一定会感到失望,开始怀疑我们的友谊。"

母亲面无表情地盯着他看。

"你说完了?"

"你觉得怎样?"

"我问你,你的长篇大论说完了没有?"

"什么意思?"父亲问道,假装没有听懂。

"说够了没?我……我们不去了……话就说到这里!詹姆斯和伊丽莎白会跟他解释的。阿瑟一定会明白的。"

"我们？"父亲终于忍不住开始嚷了起来，"我们是指谁？"

"你和我，你就别装了。你的演技可真烂！"

父亲开始摆起了架子：

"您要漠视礼教，做出失礼的事，那是您的决定，跟我没有任何关系。女士，请您留在这里，但是您不要拦着我去。孩子们，我们走！"

母亲的声音开始颤抖，她装出义愤填膺的样子，愤怒地大声说：

"你就这样把一个生病的女人独自留在家里，让随时可能闯进来的疯子欺负她吗？看来你是从来不读报纸啊。"然后，她双眼冒着怒火，大手一挥说："你去吧！"

父亲先是昂首挺胸地走到门边，继而慢下了脚步，停在那里，最终走到了酒柜旁边。他给自己倒上满满一杯威士忌，一口气灌完，然后有气无力地说：

"孩子们，快走吧。"

母亲又一次取得了胜利。

"别忘了钥匙。"我正要关上大门，伊丽莎白提醒我说。

"当然，当然，"我嘟囔道，"天哪，这天气可真是闷热！"

现在已经九月末了，白天还是出奇地热。人们曾预告冬天会提早到来，然而一股热浪席卷了英国南方。

"今天夜里可能会下暴雨，"伊丽莎白边说边挑剔地审视着自己的穿着，"你觉得我看起来怎样，詹姆斯？"

"还可以。"我承认道。

其实,她看起来光彩照人:一袭宽松白裙,显示出她曼妙的身材;脚上穿着漂亮的浅口皮鞋;脖子上戴着一条若隐若现的银色项链,做工十分精美,恰到好处地描绘出她的脖颈线;发型精致又不失素雅。总之,她打扮得十分漂亮。

"很不错,非常不错,"我对她说,"等一下……拿这条手帕稍微擦一擦你的口红……好了,现在好多了。"

"你觉得亨利看到我会开心吗?"

"他现在应该很难开心吧。不过话说回来,你俩进展如何?"

"还行,但是我在想,我那天是不是有点惹他生气了。"

"啊?"

"也许我应该同意他亲吻我的……"

我表示静候下文。

"前天晚上,我去他家看他,想看看他怎么样了,"她忧心忡忡地继续说,"他跟我谈起了他的母亲,讲述着母亲对他意味着什么。我们还谈到了爱,我是说,广义上的爱。他非常痛苦,然后我就安慰了他……突然,他把我抱在怀里……"

终于,我在心里想,也该是时候了。

"然后,他亲了我……"

太好了!接下来我可以操心点别的事情了。

"我是说,他想亲我来着。你知道,我是不会让他继续下去的!第一次就这样,好像不太好……詹姆斯,你怎么了?你觉得我做错了吗？"

我双手掩面，简直不敢相信我的耳朵。

"伊丽莎白！你别跟我说……"

"没错！但是他当时没有生气，马上就向我道歉了。只是，还有件事让我有些担心……他对我说：'伊丽莎白，以后我再也不会这样做了。'我担心他误解了我的拒绝。詹姆斯，你觉得呢？"

我们已经走到怀特家，我没有回答她的问题，因为我实在是受够了。我在心里暗暗发誓，再也不要插手他们之间的事了。

阿瑟·怀特来给我们开了门。尽管他十分悲伤，但还是表现得和蔼可亲。

"快来，孩子们，快进来。伊丽莎白，你太美了，这条裙子太适合你了，简直光彩照人！"

"噢，怀特先生，谢谢您！"我的妹妹撒娇地说着，高兴得红了脸。

"你们的父母怎么没来？"

"母亲头疼得厉害，然后……"

"你父亲不想留下她一个人。是的，确实最好如此，没人知道会发生什么……"他的声音逐渐微弱，"快去客厅吧，约翰和亨利都在那儿等着你们呢。"

我们一走进客厅，两双充满渴望的眼睛就紧紧地盯着伊丽莎白上下打量。伊丽莎白先去和维克多·达内利打了招呼。

自从怀特夫人去世以后，维克多·达内利的脸上便恢复了一些血色。他甚至来看了阿瑟好几次,这对他来说,可是鲜少发生的事。

平日里惜字如金的维克多,也盛情地称赞了我的妹妹。伊丽莎白装作谦虚的样子,但眼睛里的光彩已经出卖了她,此刻她的内心应该十分得意。为了掩饰内心的慌乱,约翰继续把父亲的奉承话发扬光大,语气十分愉悦,但仍然显出一丝紧张。在亨利眼里,伊丽莎白就像一朵在阳光中的花,在恭维声中恣意绽放,美得令人窒息,他支支吾吾只挤出来一句:"晚上好,伊丽莎白。"

"亨利,别愣在那儿了!"阿瑟大声说,"快好好招待我们的客人!"

此时大门口的门铃响了起来。

"啊!我们的客人到了!我去开门。"阿瑟说着,人已经走了出去。

维克多介绍了两位客人。乍一看,帕特里克·拉提梅十分讨人喜欢,但是我马上又有种说不上来的本能反应,稍微打消了这样的初次印象。他的妻子爱丽丝成了全场目光的焦点。这是个美而自知的女人,她穿着优雅,但对我来说,有些过于挑逗。亨利已经完全被她征服,根本挪不开眼睛。伊丽莎白把这一切看在眼里,尤其是看到爱丽丝坐到亨利旁边,亨利表现出手足无措的样子时,她气得脸色惨白。

为了掩饰自己的尴尬,亨利像往常一样,开始变戏法,耍起了杂技。他比平日里更加卖力,那真可谓是一场精彩的表演。

帕特里克·拉提梅对他赞叹不已，而爱丽丝的仰慕之情更是溢于言表，她不停地称赞亨利的灵巧和天赋，甚至把他的才能称之为"特异功能"，这无疑让亨利十分受用。

在众人的目光焦点中，他得意扬扬，十分自豪。

接下来，他又表演了几个非同寻常的柔术节目。

"亨利似乎重新找回了生活的乐趣。"我不怀好意地在伊丽莎白的耳边轻声说。

"闭嘴，你这个叛徒。"

阿瑟有些愠怒，他打断了儿子的杂技表演，让他去取放置酒杯的托盘，而他自己则负责开起了香槟。这是非常有名的香槟品牌，我们的主人真是深谙待客之道。

金黄的液体在香槟杯里冒着气泡，宾客的眼里也开始熠熠生辉。晚宴在十分愉悦的氛围中开始了。阿瑟看起来十分放松。只有伊丽莎白难掩自己的嫉妒之情。

"怀特先生，我拜读过您的大部分小说。您是如何构思出那些巧妙情节的？"

"亲爱的拉提梅夫人，我在阅读中寻找灵感。要知道，阅读的时候不做笔记，就如同吃饭不消化一样，是件荒谬至极的事。"

"噢，这话说得太好了！我一定把它记下来……"

就连维克多也开了金口，加入了对话：

"阿瑟将会是在这个时代留下浓墨重彩的一位作家，这一点毋庸置疑。"

"过奖了,要知道……"

"这香槟太好喝了,阿瑟,我想再来一点。"

"当然,维克多,请自便,您不要客气,就像在自己家一样。"

"噢,亨利,您真了不起!可是您是怎么练成这些技能的呢?"

"夫人……"

"叫我爱丽丝就行。"

"爱丽丝,我得说,这是与生俱来的天赋。从小的时候开始……"

"真是太有意思了!"

"这女的可真讨厌……说些阿谀奉承的话,还有她那袒胸露乳的装束。约翰,你觉得她好看吗?"

"伊丽莎白,你从未像今晚这样光彩夺目。"

"约翰,你不要拿我打趣!"

"愿上帝保佑我,伊丽莎白!你看我像说谎的样子吗?难道你在我的眼睛里,还读不出我从未敢向你袒露的真言?"

"噢!约翰……"

宾客们正在愉快地交谈,此时暴风雨突然降临。

爱丽丝吓了一跳,说道:

"这倒是不难预见,今天真是太热了。我讨厌这样的天气!受不了这样的暴风雨。"

天空再次出现闪电,震耳欲聋的雷声接踵而至。

爱丽丝开始浑身颤抖。帕特里克赶紧朝她走去:

"亲爱的!你感觉不舒服的话,就躺下吧。怀特先生,如果您允许的话?"

"当然。她怎么了?我是医生,虽然我已经很久不行医了。夫人,如果有任何我能帮到您的事……"

爱丽丝没有回答,她眼神呆滞,四肢都在颤抖。拉提梅先生让她躺在一张长沙发上。她的呼吸十分沉重,频率也越来越快,丝质胸衣绷得越来越紧,像是要被撑破了。

风暴更加肆虐,开始下起雨来。透过朝向旷野的落地窗,我们看到漆黑的天空中布满了无数道闪电,把旷野照得如同白昼。这是幅骇人的景象,却又透出一种野蛮的美丽,雷声隆隆,如同世界末日降临。

没人再多说一个字。这场暴风雨确实令人担忧,但爱丽丝的状况更加令人心神不宁。她已陷入昏睡之中。

"没事,"帕特里克安抚道,"她是个……灵媒。我想她是受到了召唤。我们最好得把灯调暗一些……"

"我去把吊灯关掉,"亨利颤抖的声音里充满了诧异和担忧,"然后再把窗边的小台灯打开吧。"

"别开那盏,"帕特里克表示了反对,"这样灯光会照到她的眼睛。最好还是把最里面的落地灯打开,就在书柜的旁边。"

亨利照做了,客厅瞬间陷入了半明半暗之中,大家在长沙发边上围了一圈。爱丽丝的胸口微微起伏,她发出几声喘息,眼皮微微睁开来。

帕特里克做了个手势,示意我们不要出声。

大家都屏住了呼吸。

灵媒的嘴唇开始嚅动,吐出一些奇怪的话语:

"这里一片大雾……只有影子和雾气……一切都徒有其表,因为这里什么都没有……这些东西没有生命,它们只是被时间囚禁的影子……"

她的声音停了下来。

"亲爱的,"拉提梅先生轻声问,"你还看到别的东西了吗?"

过了一会儿,她又低声说:

"没有,雾气越来越重,人影也渐行渐远,一切都重归黑暗……等等……有两个人影格外突出……是两个女人……其中一个正在交涉……她想留住另一个……现在我可以清晰地看到她了……她的身体伤痕遍布……她的手腕……她伸出颤抖的食指,好像是在指控……她想指向我……不,我看不清楚……这个女人的脸十分可怕……"

"是艾琳诺,"维克多轻声说,"她是我的妻子,她有话要跟我们说……"

他脸色铁青地走向爱丽丝:

"拉提梅夫人,我确定,她是艾琳诺,因为,我也……曾经受到召唤。她想告诉我们一些事情。请您再努力试试，求您了……"

爱丽丝闭上了眼睛。

"拉提梅夫人，我求求您了……"

"最好不要强求，"帕特里克肯定地说，"因为有可能会很危险……"

突然，拉提梅夫人又开口说起话来，这次她提高了音量：

"那个女人消失了……但是她的同伴还在，她看起来有些犹豫不决……不知道该往哪里走……她……她想让我们跟她说话……不，不对，她想让某个人跟她说话……一个特定的人……这个人就在这间屋子里……一个身材高大强壮的人，还跟她共同走过一段路……"

所有目光都停在了阿瑟身上，他被惊得目瞪口呆。

"她想……跟他单独对话……"

所有人陷入了沉默。

"怀特先生，她说的肯定就是您，"帕特里克若有所思地看着自己的妻子，大声断言道，"至于想跟您说话的那个女人，我猜，应该就是您的妻子。"

一道刺眼的闪电划过客厅，照亮了阿瑟脸上那不可置信的表情。等雷声响过，帕特里克才继续说：

"我不想让您空欢喜一场，怀特先生，但是也许我们有办法……我是说，我们曾经试过这样做……我觉得我夫人今晚好像格外通灵。"

维克多双手抓住朋友的手臂，恳求道：

"阿瑟，你得试一试啊！"

阿瑟垂下眼帘，表示默认。

"这种尝试的成功概率很小，"帕特里克·拉提梅边说边从口袋里掏出一条手帕，他擦了擦额头上的汗说，"实际上，她只成功过一次，这是好几年前的事了，当时我们刚刚成婚。"

"怀特先生，请您向您的妻子提一个问题，这个问题的答案只有她知道。但是，您不能把问题说出来，要用写的方式：您把问题写在纸上，不要让任何人看见。然后，您把它放进信封里，把信封封上，再在封口的地方签上您的名字，或者，如果您愿意的话，您可以用印戳和蜡油封口。

"我的夫人会摸一摸这封信，然后……然后我们就只能静观其变了。我再说一次，这种尝试的成功概率很小，而且您得快点决定，我夫人不知道什么时候就会醒过来了。"

阿瑟猛然起身，走了出去。

帕特里克举起双臂说：

"朋友们，请你们保持安静。稍有不慎，都可能产生严重的后果。"

阿瑟只离开了十几分钟，然而对我们来说，这十几分钟却异常漫长。

"写好了。"他边说边把一个信封递给帕特里克。

帕特里克把信封展示给众人看了一会儿：在背面封口的地方，有一个蜡油封印，且信封折口的两边都签上了名字。

亨利在我耳边轻声说：

"我父亲收藏了很多古币，他用了其中一枚作为信封的印戳。"

帕特里克俯身把信封放到了妻子手里：

"亲爱的，你的手里有一条信息……是给那个女人的信息……"

爱丽丝的手指抽搐了一阵，然后松开了信封。拉提梅先生捡起信封，把它放在了茶几上。

他走到窗边，指着天空说："我觉得，现在我们得等暴风雨停下的时候……"

他的话还没说完，一道前所未有的刺眼闪电闪过，随后传来可怕的惊雷，我们都被吓得一动不动。客厅陷入了彻底的黑暗。

"亨利，可能是保险丝烧断了，你去看一下！"阿瑟用威严的声音说道。

"父亲，我马上去。"

"大家都别动，"房子的主人继续说，"别忘了，拉提梅夫人还在昏迷之中，任何惊吓都可能会伤害到她。"

几分钟后，落地灯又亮了，亨利马上出现在客厅里，每个人都处在原位上。

"是保险丝烧断了，"亨利急忙说，"爱丽丝……呃……拉提梅夫人说什么了吗?"

"没有,"帕特里克似乎在认真地观察着自己的鞋子,"但还没有定论……我们再等等!"

维克多凝视着茶几上的信封,像是出了神。他转身对阿瑟说:

"一切还有可能,阿瑟,不要放弃希望。我有预感……"

远处的闪电照亮了天空,接着客厅再次陷入黑暗中,寂静几乎触手可及。

亨利先开了口:

"父亲,我来处理。我闭着眼睛都能摸过去。"

"亨利,再拿几根蜡烛过来,或者把走廊里的烛台拿过来,以防电灯再次熄灭。我担心这些混乱会影响到拉提梅夫人。您说呢?"

帕特里克·拉提梅清了清嗓子,然后回答说:

"我觉得,这是很有可能的。虽然黑暗有利于集中精神,但是电灯总是这样熄灭,再引起人群的躁动,这总归不是什么好事。"他用力地干咳了一下,"我们还是不要抱有太大幻想,这事的成功概率太小……但是今晚我夫人确实格外通灵。不过,这样三番五次地停电……"

"拉提梅先生,我得向您坦承,有那么一瞬间,我几乎燃起了希望,虽然我对此事一直抱有怀疑。不过,我们还是说老实话吧,与另一个世界进行通话,这是不可能实现的事!我这一辈子都——"

"阿瑟,"维克多断然打断了他,"你从来没有听说过……"

此时,灯光又亮了起来。

爱丽丝依然躺在长沙发上,正在熟睡中。她睡得如此之沉,好像什么事都无法吵醒她。

"很抱歉,怀特先生,已经没有任何希望了,"帕特里克遗憾地说,"现在我要叫醒她了。"

他走到妻子身边,温柔地抚摸着她的额头,轻声说了几句话。

亨利这时回到客厅,手里还拿着点亮的烛台:

"好了,现在我们不用担心了……但是……噢!爱丽丝已经……"

所有目光都聚焦在爱丽丝身上,她已经从昏睡中醒了过来。她拢了拢头发,激动地低声说:

"我的老天!我这是在哪里……发生什么事了……帕特里克?"

拉提梅先生握住她的双手说:

"没事了,亲爱的,已经结束了。你刚刚发作了……"

"噢,我的天!"她双手掩面说,"我糟蹋了这样美好的聚会……一定是这场暴风雨,我早就应该猜到的……帕特里克,你为什么没有提醒我?怀特先生,真是太抱歉了,我……"

"亲爱的拉提梅夫人,您没有做错什么,请不要觉得抱歉。"

"亲爱的,你什么也记不得了吗?"帕特里克边扶她站起来边问。

"我说话了吗？"爱丽丝的眼睛因为惊讶瞪得又大又圆。

"说了些非常含糊的话，没有任何具体的细节。现在，你该好好休息一下。怀特先生，请您原谅我们，但是……亲爱的，你小心一点！不然你……"

爱丽丝扶着椅子的靠背，朝窗边走去。看到她摇摇欲坠的样子，拉提梅先生连忙向她走来。两人都倒在了扶手椅上，还造成了一些损失：装饰窗台的绿植和小台灯都在地上摔碎了。

接下来的谈话就变得有些混乱了，每个人都坚持自己的立场。帕特里克坚决要赔偿阿瑟的损失，但是阿瑟完全不愿接受。最后，两人达成共识：下一次，拉提梅夫妇会邀请怀特一家去做客。

爱丽丝疑惑地看着信封，内心产生了一丝激动的情绪。信封依然放在原处，就在茶几的正中央，所有人都把它遗忘了。阿瑟悄悄地拿起信封，把它塞在了上衣内侧的口袋里。

爱丽丝把阿瑟的举动看在了眼里，她眼神空洞，毫无感情地大声说：

"是的，亨利会懂事的，他会成为明白事理的人的。"

在随后的几秒钟里，这些话像是落入了真空，所有人都目瞪口呆。帕特里克赶紧走到妻子身边，她已经摇摇欲坠。她蜷缩在丈夫的怀里，又用完全不同的语气说道："亲爱的，我不知道发生了什么事，我在胡说八道些什么……"

约翰和伊丽莎白已经许久没有说话，突然之间，他俩一起冲向阿瑟,及时地扶住了他:此时的阿瑟已经失去了意识。

他们把阿瑟安置在扶手椅上,拍了拍他的脸颊。亨利把一杯白兰地送到父亲嘴边,他才终于恢复了意识。

"父亲,"亨利问道,"你这是怎么了?你不该喝那么多香槟的……"

阿瑟摇了摇头,突然推开亨利,慌乱的脸上渗出细密的汗珠。他一言不发地从上衣口袋中掏出信封,仔仔细细地检查了一遍,甚至还举起来在光下查看一番。然后,他把亨利叫过来,让他也检查一次。

"阿瑟,"维克多颤抖地说,"难道你是想说——"

"父亲,这信封原封未动,"亨利打断道,"我可以肯定。"

阿瑟走到书桌旁,翻找一阵之后,拿着裁纸刀走了回来。在死一般的寂静中,他用裁纸刀把信封裁开,然后从里面拿出对折的信纸,把它展开,展示给众人。上面只有一行字:"亲爱的,你认为亨利会有懂事的一天吗?"

5
亡魂显灵

如今已是十月末，距离怀特夫人亡魂显灵的诡异夜晚，已经过去了一个月。

当然，我也曾想过，此事是不是拉提梅夫妇的骗术，否则如何解释这不可思议的事实呢？让我们来仔细研究一下，阿瑟在纸上写下了一句话："亲爱的，你认为亨利会有懂事的一天吗？"并且他没有给任何人看。然后，他把这张纸放进了一个信封，亲自把它封好。就算是在两次停电的过程中，信封也一直停留在我们的视线里，就摆在茶几上非常显眼的位置。接下来……不可思议的事情发生了，怀特夫人回答了丈夫的问题："是的，亨利会懂事的，他会成为明白事理的人的。"不，是爱丽丝回答了他，是她说出来的，她从另一个世界带回了这个消息……

信封被多次检查过：封口处既没有被撕开，也没有被裁开；

签名和封印都完好无损。

但是，也有可能是爱丽丝提前猜到了阿瑟的问题……或者她只是单纯地随口一说？不，这不可能，答案太有针对性了。然后呢？

我又联想起亨利做噩梦的事。他母亲去世的那一瞬间，他从难以解释的悲痛中醒来——更别提他在意识模糊的时候说出来的胡话——这一切都说不通。另外，这两三个星期以来，村子里又开始流传关于达内利家的奇怪谣言：有人声称看到了被诅咒的房间里透出的光亮，拉提梅夫妇也在睡梦中被脚步声所惊扰。

幸运的是，此刻我还有别的事情要操心，我在牛津大学开始了第一年的学习，打算攻读艺术本科文凭。亨利正在补习高中最后一年，他去年已经落榜一次了。这事他可怨不了别人，因为他逃了太多次课！而且，现在他依然不改恶习。不过，最近他确实诸事不顺。母亲的去世？当然，他因此受到了重大打击。伊丽莎白？我觉得不是。他看起来已经完全置身事外了。他还有别的烦心事。

他与父亲之间的争吵早已不是新鲜事，如今更是成了家常便饭，没人能说出其中缘由。

我的父母以为我是知情者，还时常向我打听怀特一家的事。他们父子之间的争吵如此激烈，甚至在我们家都能听到他们的声音。我曾劝过他，想帮助他，但他总是回避我的问题。

然而，他偶尔也会十分反常地变得兴高采烈，这种狂喜与他平日里的糟糕心情和神经质形成了鲜明对比。他实在是太神经质了，一定有什么事在困扰他，折磨他，但到底是什么呢？

我的脑海里思绪纷飞，眼睛却还盯着画满了红叉的法语作业。我生气地把它撇到一边，咒骂着法语语法的复杂。

我下意识地看了看手表，晚上八点。现在是周六晚上，弗莱德没见到我，应该会难过了。好吧，我再顺路叫上亨利。

走到怀特家附近时，我听到了吵闹的声音：阿瑟和他的儿子正在激烈地争吵。我一动不动地站在那里，不知如何是好，此时大门突然打开，阿瑟从里面冲了出来。他怒气冲天地把身后的大门摔得震天响。

"晚上好，怀特先生。"我战战兢兢地说。

"啊，詹姆斯！"他嘟嘟囔囔地回了一句。

他露出惊讶的表情，然后又有些许尴尬。

"晚上好，詹姆斯。"他用嘶哑的声音补充道，然后便匆匆朝达内利家走去。

我看着他走远，不禁想：这一个月以来，他几乎每天晚上都会去找他的朋友维克多——这突如其来的友谊——要知道，他们以前只是维持着良好的邻里关系，仅此而已……这两人都遭遇了相似的打击，关系变得如此亲近倒也不足为奇，只是我总觉得事情没这么简单。我得跟约翰说说这件事。

亨利房间里的灯亮着。我沿着房子侧面的小路，唐突地向里面张望，看到了垂头丧气的亨利。只见他把手背在后背，一脸不悦地在房间里走来走去。突然,他停下了脚步。显然,他想到了什么主意,额头上纵横的皱纹也消失不见了。他打开书桌的一个抽屉,从里面拿出两个橡胶球,把其中一个放在门把手上,另一个则放在了口袋里。

他又在搞什么鬼?

只见他走到房间一角,从口袋里拿出橡胶球,在空中抛起好几次,显然是为了更好地集中精力。然后,他把球用力向地面砸去,橡胶球开始向墙面反弹,然后是天花板,继而又弹到墙面上……最后正好打在另一个球上!

太棒了,亨利!可真有你的!

我敲了敲窗户,示意我看到了他的表演,并为他鼓起了掌。他先是露出惊讶的表情,然后朝我微笑起来。我指了指手表,向他做了个口渴的手势。

弗莱德把两大杯啤酒摆在桌上,还自作主张地给我们讲了一个笑话。他说完的时候,我出于礼貌大笑起来,他的笑话实在蹩脚,亨利只挤出了一个模糊的微笑。弗莱德自顾自地大笑着回到了柜台。我收回伪装的笑容,认真地看着亨利的眼睛说:

"亨利,发生什么事了?"

他没有回答。

"你为什么和你的父亲如此争吵?"我明知此举唐突,还是坚持问道。

他的沉默让我有些恼怒:

"因为你总是逃课吗?"

"不是……也算是吧……这也是争吵的原因之一,但不是最主要的原因。这都跟……跟钱有关……"他的眼睛突然亮起来。

"钱?可是你父亲……"

他用一只手遮住双眼,抬起另一只手。

"詹姆斯,"他的声音里充满感伤,"你不会明白的,我没法跟你解释。求你了,不要再问了……"

"跟伊丽莎白有关吗?"

他攥紧了放在桌上的手指,看来我问到点子上了。

"她现在拒我于千里之外,"亨利试图压抑自己的怒火,"她不该……"

自从阿瑟举办了欢迎拉提梅夫妇的晚宴后,亨利和伊丽莎白就故意回避对方。有几次,约翰邀请伊丽莎白去附近有名的餐厅吃饭,亨利都没有表现出任何愤怒的迹象。他的自尊心已经胜过了嫉妒之情。

"她不该……因为——"

"晚上好啊,伙计们。"一个熟悉的声音打断了他的话。

"你好,约翰。"亨利无精打采地打了个招呼,然后示意弗莱德上酒。

约翰看起来也不在状态,在椅子上瘫坐下来。

"真是艰难的一天。"亨利看着自己的指甲说。

"艰难的一天,尤其是晚上……我是说昨天晚上。"约翰紧张地用手搓着自己的一头红发,闭上了眼睛。

我皱起眉头,表示不解。

"没人跟你们说什么吗?"约翰惊讶地问。

没人回答他。

"老实说,"他继续说,"我已经糊涂了……"

"来了,小伙子!"弗莱德把三杯啤酒放在桌上,声如洪钟地说。

看到我们脸色不对,他满脸的笑意凝固了,然后摇摇头,叹了口气走开了。

"约翰,"我恳切地说,"我求你一件事。"

"什么事?"

"如果你有什么重要的事要告诉我们,就快点说,但请你一次说完,不要说一半就停下……不要吊人胃口。"

约翰像是没有听到我的话。他紧紧地盯着捧在手里的酒杯,然后从烟盒里抽出一支烟,自顾自地点燃了。

"我曾跟你们提过那些所谓的脚步声,"他开口说,"我从来都不相信那是真的。但是,我得承认,这几天我确实听到了一些声音……我当时就想到了从前的租客,他们曾抱怨睡觉的时候被吵醒,于是我思考了这个问题,但是马上就想到了答案,在我看来,这个谜底十分简单:应该是我的父亲,出于某些特殊原因,他会在半夜爬到阁楼上去……希望与我母亲的亡魂重逢……

我就不赘述其中的细节了,这无关紧要。这也解释了为何有些人声称看到了奇怪的光亮。"

"我一直是这么猜想的,"我肯定道,"但我不知道该怎么告诉你,这多少有点尴尬。"

"关键问题是,我的父亲不可能同时出现在两个地方!"

我打了个冷战,亨利却依然镇定自若,脸上的肌肉一动不动。

"当时差不多是晚上九点,"约翰的眼神依旧迷茫,"我们正在拉提梅夫妇的客厅里喝咖啡,就在阁楼下面……"他突然转向亨利,不解地问:"你父亲什么都没跟你说吗?"

"没怎么细说,"亨利尴尬地回答,"今天早上,他跟我说有件离奇的事,这可以证明……但是我们没有细聊这件事。"

约翰看着他,一脸疑惑。他沉思片刻,继续说道:

"当时我们正在喝咖啡,有拉提梅夫妇、怀特先生、我父亲,还有我……我们正在谈论脚步声,突然就听到阁楼上传来了声音:有人正在我们的头顶上走来走去,步伐没有规律,还时常停下来……脚步声十分沉闷,犹豫不决。我们听得并不总是很清晰,但是事实已经不容置疑:确实有人在楼上的房间里走动!父亲当时正在我身旁,这可是个有血有肉的大活人!我的推论瞬间崩塌。

"一股恐惧袭过客厅,父亲蜷缩在椅子上,浑身颤抖,脸色苍白;爱丽丝躲进了拉提梅先生的怀里;怀特先生打碎的咖啡杯躺在脚边,而他的手指仍然弯曲着,像是依然握着咖啡杯的把手。至于我,还没有被吓到神志不清,赶紧冲到走廊上,爬上楼梯。我没有发出太大的声音,因为不想让闯入者察觉我的到来,这肯定是个爱搞恶作剧的家伙!

"来到顶楼以后,我依然能听到脚步声,但是过了一会儿……就什么也听不到了!但是,我还是确定了声音的来源:是从左边的阁楼里发出来的。

"我得跟你们解释一下顶楼的格局:当我们来到顶楼时,只有两种可能性——要么走右边的门,进到谷仓里;要么走左边,进入被改成阁楼的房间。左边的门后有一条走廊,尽头是一堵墙……墙上有一条帘子,从上到下完全遮住了靠墙放置的书架,里面塞满了各种杂志、年鉴和旧报纸。走廊里没有窗户,实际上这里什么都没有,只有右边并排的四扇门。这四扇门跟墙面和天花板一样,也使用了老橡木贴面装饰,颜色都很深。而且,这层楼没有电灯,所以你们能想象,顶楼可以说是伸手不见五指!

"我没有鲁莽地一个人闯进走廊,而是把耳朵贴在门上,等着其他人的到来。他们带来了手电筒,怀特先生留在走廊里,帕特里克和父亲站在门后。爱丽丝和我搜索了四间屋子,搜索工作十分轻松,因为后面三间屋子完全是空置的,第一间屋子里则堆满了旧家具,除此以外就没有别的东西了……我们到处都搜遍了,没看到任何人……每个房间都有一扇窗户,但是所有的窗户都是紧闭的……帘子后面呢?你们知道,我肯定已经掀开看过了。除了一堆旧报纸，什么都没有。

"当然，也不存在什么秘密通道，我对自己家的房子还是很熟悉的。我们里里外外检查了一遍，依然一无所获。"

约翰摇了摇头，发出浅浅的叹息：

"这下我真是糊涂了，完全糊涂了……"

6

野蛮的袭击

达内利家的房子在闹鬼!

村里所有人都持同一看法。流言甚至传到了首都,引来一位伦敦记者专程来到这里调查。每天晚上都有人频繁造访拉提梅夫妇,阿瑟当然是访客之一,但还有其他人,通常是些上了点年纪、经济状况比较好的人,他们都被这不同寻常的现象所吸引。"亡魂"已经两次显灵。对于维克多来说,有件事情是可以肯定的,那是他的妻子回来看他了。

约翰对这件事完全不感兴趣,因为他正全心全意地对我的妹妹展开追求。虽然伊丽莎白并未就此向我吐露心声,但我很清楚,对于约翰的陪伴,她并非无动于衷。

至于亨利,该从何说起呢……他比任何时候都更神经质,更焦虑,他的眼神就像一只被困住的野兽,要知道从前的他一直是个镇定自若、直率坦荡的人。他与父亲的关系每况愈下,两人的争吵变得越来越激烈,越来越频繁,这令我十分担心。有一天晚上,我差点儿就要去劝架,他们的言辞如此激烈,我担心他们马上就要动起手来。

剑拔弩张的气氛日渐增长。

我正在解一道非常棘手的数学题,此时伊丽莎白走进了我的房间。

"父亲正在大发雷霆,"她大声说,"你最好去陪陪他,跟他喝一杯,这应该能让他平静一点。"

"母亲又对他下了什么禁令吗?"

"她不让父亲去球场。明天好像有一场重要的足球赛。但是,母亲已经约好跟他一起去喝茶做客……"

"不过,我亲爱的妹妹,你为什么不去安抚一下你那可怜的老父亲呢?"

"我?"她开始支支吾吾起来,脸红得像只龙虾,"但是我……"

"好了,别费劲解释了,我知道了。约翰要来接你,你再不打扮就来不及了。好了,你快走吧,赶紧滚蛋吧!"

"你这个粗鲁的家伙!"她大声喊着,摔门而出。

伊丽莎白出去的时候,我刚想到的解法也被忘到了九霄云外。于是我走出房门,来到客厅找父亲。

"啊，这不是我的好詹姆斯吗？"看到我走进客厅，他朝我喊道。

他已经平静了一些，但是双手依然在颤抖。

"今天是十一月的最后一个周六，我们来喝杯酒庆祝一下吧！鬼才喝茶呢！哈哈！"

"这个借口可不怎么高明。"我不无讽刺地提醒他。

"那又怎样！今朝有酒……趁着酒……趁着葡萄……"他绞尽脑汁地想引用一句恰当的谚语，却怎么也想不起来，"总之……就是这么个意思。"

他两眼放光地倒满两杯白兰地，然后我们举杯相碰。

"啊……现在好多了。"他长长地叹了口气，瘫坐在扶手椅里，跷着二郎腿，凝视着天花板，煞有介事地说，"女人都是些毫无理智的生物，她们只会用内脏思考。"

"父亲，"我装作震惊的样子，"要是母亲听到你这番话……"

"就怕她听不到！我说的就是她！"他咆哮道，"这话尤其该说给她听……"

此时门开了条缝，母亲突然出现了。

父亲呆呆地坐在扶手椅里。

"爱德华，"她用霸道的语气说，"我把那套珍珠灰西装给你准备好了，明天你就穿那套。你可得小心点，因为……啊，你可真不赖啊！你在给你的儿子灌威士忌吗？"

"不，亲爱的，这是白兰地，法国的白兰地酒！这种酒……"门被摔得震天响。

父亲显然受到了惊吓，但很快又恢复了精气神：

"所以我说，女人只会用……思考……实际上，她们完全不会思考！她们根本不分主次，不知孰轻孰重。随便举个例子就能证明这一点：明天有场足球赛，比利·斯彼得将会上场。在我看来，他可是全英国最优秀的右翼边锋！是个神射手！启动速度无与伦比！而且他对赛场情况犹如神判……总之，这是场不容错过的比赛，就算是个足球白痴也应该去看。"

父亲停顿了一会儿。

"猜猜你母亲作了什么决定，我保证你猜不到，"他向天空举起双臂，"她说要去威尔逊家喝茶！你能想象吗？比利·斯彼得就在不到一公里之外的球场上驰骋！简直不可理喻！她总有办法令我感到震惊……"他清了清嗓子："嗯！嗯！算了，这不是关键所在，我想跟你说的，是你母亲有多愚蠢……女人大抵都是如此。"

为了证明自己的观点，他还举了其他例证，甚至作了深入的分析来说明从古到今，女性如何愚蠢，甚至开始想象一个没有女人的世界。

父亲所言并非所想，他只是用这种方式来宣泄自己的愤怒。所以我洗耳恭听，没有打断他的话。

快到夜里十二点时，我向他表明想回房间去了：

"父亲,我的数学作业还没写完……"

"很好,勇敢的人不怕熬夜,"他站起来伸了个懒腰,"我要出去透透气。这白兰地好是好,就是有些上头。"

他披上外套,戴好帽子,点燃一支香烟,走出了房门。

作业还可以等等再写,我心里这样想着,又给自己倒了最后一杯白兰地。我手里握着杯子,走到壁炉旁边,凝视着跳动的火苗,任由炉火和白兰地的温暖把我紧紧包围。

此时,有人走进了客厅。

"詹姆斯,"母亲的声音在身后响起,"你太不理智了……那个给你灌酒的家伙哪儿去了?"

"父亲出去透气了,他……他有点热。"

"透气!外面这么冷,雾气还这么重!马上就12月份了,这位老先生还大半夜出去透气!"接着她的声音柔和下来,"詹姆斯……"

"怎么了?"

"我希望你不要像你父亲一样……以后……等你结婚以后……"

这话实在有些过头了。母亲嫁给了世界上最温顺的男人,她还在抱怨父亲的脾气。

"母亲,老实说,我觉得你有点儿过分了。"

这时,我们听到有人开门的声音。

"啊,伊丽莎白!"母亲说,"真是奇怪了,我怎么没听到约翰停车的声音……"

父亲突然出现在客厅里,他的外套和手上都沾满了淤泥。他脸色苍白地朝我们走过来。

"爱德华,"母亲惊叫道,"你手上怎么有血!你摔倒了吗?我可怜的爱人,发生什么——"

"我想阿瑟已经死了,"他打断道,"但是我也不确定……快,快叫医生来!"

7

分身术

就在阿瑟遭受野蛮袭击的同时,亨利也失踪了。这样的巧合不禁引人议论纷纷。大家都在猜测,父子俩在激烈争吵后,亨利忍不住动手打了他的父亲。他在盛怒之下,没有掌握好分寸。他以为父亲死了,被自己的举动吓坏了,于是就逃走了。

幸亏当晚我父亲心血来潮,散步的时候选择了通往树林的小路,就是隔开怀特和达内利两家的那条路。凑巧的是,他又被阿瑟的身体给绊倒了,因为街角的路灯照不到这个角落,他根本看不清。

袭击者想置阿瑟于死地,这一点毫无疑问:他的头骨遭到两次重击,伤口已经足以证明凶手下了狠手。自然,警方开始立案调查,但他们只在受害者附近找到了凶器——一根生锈的铁棒,也发现亨利失踪了,除此以外,毫无进展。

一星期过去了,阿瑟很有希望被抢救回来。警方焦急地等待着他的证词,可是阿瑟还不能开口说话。亨利依然不见踪影,直到……

我已经作了决定,要给警察打电话。无论如何,我必须上报几小时之前发生的事。负责办案的警官给我们留下了他的电话号码,万一有新的情况,我们好通知他。

我拨通了电话,等待着。

"我找德鲁警官。"我镇定地说。

"您是哪位?"

"詹姆斯·史蒂文斯,我是怀特先生的邻居,我有重要的线索要汇报……"

"重要线索!所有人都赶在同一时间找上门来了!您可以去您的邻居拉提梅那里,他们也有重要的线索要汇报……德鲁警官应该就在那里。"

五分钟后,我来到了达内利家门口。

"詹姆斯,"约翰把我拉到门厅,"有人看到亨利了!警官就在楼上,在拉提梅家的客厅里。"

我紧随约翰,一言不发地来到三楼。帕特里克和警官正在热烈的交谈中,几乎没有注意到我的出现。维克多深陷在一把扶手椅里,默默地跟我打了个招呼。爱丽丝急忙迎了上来:

"晚上好,詹姆斯,您听说了吗?约翰肯定跟您说了吧!快来,进来坐。"

在这个年轻女人面前，我总是感到喉头发紧。也许，我并不是唯一被她吸引的人吧。她举手投足之间散发着性感，却又似乎并不自知，那温柔又略带沙哑的嗓音，还有那既炽热又冰冷的眼神，都独具魅力。

她拉着我的手臂，让我在她丈夫身边坐下。当她开口的时候，警官和帕特里克马上停止了谈话。

"警官，我给您介绍一下，这位是詹姆斯·史蒂文斯，他是亨利的朋友。"

"晚上好，小伙子。拉提梅夫人，我们在调查的时候已经见过面了……"

"是啊！没错！"爱丽丝微笑着说，"我真是糊涂了……"

"爱丽丝，你再给我们准备点咖啡吧，好吗？"帕特里克请求道。

尽管帕特里克看起来十分讨人喜欢，但他总是令我有些张皇失措。这个金发碧眼的帅气男人实在太完美了：仪表堂堂、气质优雅、风度翩翩，谈吐也十分得体。但我常常忘记他是从事保险行业的，这个行当确实要求仪表完美。其实，我觉得我只是有点儿嫉妒他娶到了如此貌美的妻子。

"拉提梅先生，"警官继续说，"我再重复一遍您的证词。今天早上，您带您的妻子去伦敦购物。中午的时候，您送她去帕丁顿火车站，因为您还有几个客户要见，所以打算晚点回来。您当时正在站台上，时间来到了十二点半……就在此时，您看到了他。"

"没错，"帕特里克严肃地说，"他眼神飘忽，看起来十分紧张，正在极力避免引起人们的注意……但毫无疑问，我可以肯定，那就是他。"

"我能知道你们说的是谁吗？"我胆怯地问。

"小伙子，我们说的就是您的朋友——已经失踪一星期的亨利·怀特。"

"但这不可能，"我大声喊道，"我在同一时间的牛津火车站看到了他！我来就是为了向您汇报这件事！"

所有人都惊得目瞪口呆，我继续说：

"就在十二点半，我可以向您保证。他已经好几天没有刮胡子，走路的样子也很奇怪。他看起来十分焦虑，但那就是他，是亨利。他看到我的时候，本来想逃跑。然后，他改变了主意，朝我走过来，对我说了一句：'这里的人太残忍了，我要走了……'然后他就离开了。"

德鲁警官掐灭刚刚点燃的香烟，陷入了沉思。他来来回回地打量着我们，然后说：

"你们肯定有人看错了……"

帕特里克若有所思地说：

"我有时可能会误解一句话的意思，但是我的眼睛从未认错过人！"

"詹姆斯，"爱丽丝插话了，"您应该搞错了，十二点半的时候，亨利人在伦敦。他的脸因为害怕而有些扭曲，但那绝对是他，不可能有假。"

我摇了摇头：

"爱丽丝，抱歉，我不得不驳回您的话，我们是发小，我对他再熟悉不过了。我亲眼所见，当时他就在牛津火车站。"

谈话依然在继续，德鲁警官突然冷冷地说：

"够了！这个小伙子先是失踪了，现在又冒出两个亨利，但没有一个落入法网！他可真是好样的，这样也能逃出生天，否则此刻他肯定要被指控谋杀了自己的父亲！"

突然，电话铃声大作。爱丽丝拿起了话筒。

"警官，是找您的。"

"又有什么事？"他叫嚣着接过听筒。

五分钟后，他挂断了电话，显然有些不悦。方才他一直倾听着电话里的人，几乎没有开口。

"怀特先生已经能开口说话，我手下的人已经盘问过他了。"

他把一支香烟叼在嘴里，却没有点燃。

"事情变得越来越复杂了，"他继续说道，"你们听听怀特先生的证词吧。晚上十一点三刻左右，他走出家门准备去散步。当他走到门口的时候，突然看到一个人影朝树林走去。你们可能会说，这好像没什么奇怪的，但问题是，这个人影的肩上还扛着一具尸体！怀特先生十分英勇地追了上去……但是人影消失在迷雾里。然后，他就什么也不记得了……他没能辨认出人影，不知道被扛在肩上的是谁，也不知道谁袭击了他。"

第二部分

PART II

1
危险的实验

亨利已经失踪了三年。也许他去美国开始了新的生活？我完全可以想象他在马戏团当杂技演员的生活。又或许他已经死了？德鲁警官在听取了阿瑟·怀特的证词后，曾作出这样的推断：他认为那个人影肩上扛着的正是亨利。警方在事后对树林进行了地毯式搜索，但一无所获。当然，警官的推断不免有些可笑。在他父亲遇袭一星期之后，不是有人在同一时间的两个不同地点看到了亨利吗？如果我们必须认同亨利会分身术，那我倒是愿意相信……比如说，相信鬼魂的存在！

去年，约翰自立门户，在村子里开了一家车行。这属实是个勇敢的举动。他还一鼓作气，在同年迎娶了我的妹妹，更加彰显了他的勇气。

他的父亲维克多·达内利依然是拉提梅夫妇的房东，目前夫妇二人似乎在经济上十分宽裕。美丽的爱丽丝因灵媒天赋而声名远扬，自然从中获利不少，连外郡的人都会专程来找她。

至于阿瑟，他似乎已经从丧偶和儿子失踪的悲痛中走了出来。白日里，他沉迷于伏案写作，到了晚上，便经常去维克多和拉提梅夫妇家做客。目前他正在写一部小说，主题正是通灵术，他打算将之命名为《雾国》。我觉得这个名字不够优雅，更喜欢类似《迷雾之境》的名字。我曾向他建议过这个名字，他回答说会考虑一下。

村子里一切如常，三年前发生的灵异事件早已被人们遗忘。

但那些事真的算得上是灵异事件吗？严格来说，一切都是可以解释的。我们先从达内利夫人的死亡开始说起。一个女人突然发疯，这确实十分罕见，但这种事却比人们想象的更加常见，我们只需看看报纸，便知这算不上稀奇。还有脚步声，也许只是某个流浪汉擅自闯入，临时寄住在那里。约翰曾说，有人在阁楼上走来走去，他们在里面却没有发现任何人。得了吧，理智一点！约翰肯定是搞错了声音的来源，流浪汉一定是藏在谷仓里，他们搜遍了阁楼却独独没有搜索谷仓。至于亨利在牛津和伦敦同时出现的事，只能是目击者搞错了，要么是记错了时间，要么是认错了人，没有别的可能了。

还有什么事呢？死去的怀特夫人回答了丈夫的一个问题？为何不想想显而易见的解释？比如，爱丽丝和阿瑟·怀特是串通好的。他们这么做的目的何在？也许是为了出名……不要忘了，他们一个是作家,一个是灵媒。

然而,接下来将要发生的事却荒谬至极,任谁都无法解释。

"詹姆斯,我需要你帮个忙。这个忙不需要你费什么力气,你只需要赏脸出席一下。我们需要一个可信的目击者,一个头脑清晰的、明智的年轻人。"

几小时之前,阿瑟请求我去看他,却不愿在电话里说明缘由。于是,在1951年11月的一个下午,我来到他家的客厅。

阿瑟嘴里叼着烟斗,若有所思地在客厅里踱来踱去。

"那真是太荣幸了,"我清了清嗓子说,"不过这些要求,约翰也都符合——"

"维克多已经问过他,请他加入我们,"阿瑟打断道,"但是约翰太忙了。今晚我们一共五个人:你、维克多、拉提梅夫妇和我。"

"怀特先生,我现在毫无头绪,您能跟我解释一下,今晚到底是要干什么吗……"

他在落地窗前停下,凝视着大雾弥漫的旷野,只见几棵光秃秃的树影在雾中若隐若现。

片刻之后,他回答说:

"昨天夜里,爱丽丝发作了……我是说,她昏迷了,但跟往常不一样,这次发作的时间几乎持续了一整夜。她还说话了,遗憾的是,帕特里克没能听出她在说什么,但是他认为是亡魂显灵了……就在那个被诅咒的房间。"

阿瑟停下来，开始往烟斗里塞烟丝。他点燃了烟斗，吐出几口烟圈，然后低头继续说：

"一方面，这些现象实在罕见；另一方面，这又属于幽灵现形，是很常见的事。通常来说，这些显灵现象本身并不危险。我强调一下，通常来说是这样，但是现在的情况不太一样。爱德华的房子里似乎有一个复仇心切的女鬼。爱丽丝经常在幻象中看到一个浑身是伤的女人，她手腕被割开，流淌着鲜血，不用我说你也知道，可怜的达内利夫人在楼上身亡之时，就是这种情景。

"但是，这还没完，这个女鬼似乎有很重的怨气，她的眼里闪烁着复仇的火苗，食指指向一个看不见的敌人……"他闭上眼睛，屏气凝神片刻，又继续说："只有为她讨回公道，这个充满怨气的冤魂才能得到安息，否则，她肯定会流连于此，不愿离去。那些诡异的脚步声就是因此而起。"

阿瑟眼神闪躲地环顾四周，然后凑到我面前低声说道：

"詹姆斯，这事只能我们几个知道，你明白吗？"

我点头默认。

"帕特里克推断，达内利夫人并非自杀身亡。"

我已经猜到了他接下来要说的话，开始浑身颤抖。

"他认为达内利夫人是被谋杀的。"

"可这也太荒谬了！"我大声说道。

"也许吧，我承认这确实很荒谬，但是稍微想想，如果杀手身手敏捷，可以从外面把里面的门锁锁上呢？达内利夫人命案中的一切迹象，都在指向谋杀，但是，门偏偏是从里面锁上的，这一论断就此被推翻！门是从里面锁上的！也许，一个身手敏捷的人……"

"怎么锁呢？这是不可能的事！"

"我不知道。我曾经读过一本小说，里面有同样的情节。书里是这样解释的：杀手从锁眼里穿过一根折叠的双线，线头的圈套住了门锁的插销。这件事的诀窍就在于门框上的别针，它将起到滑轮的作用。当他拉动双线时，门锁就锁上了，然后他松开双线的一头，拉动另一头。别针自然也是固定在线上的……只要干脆利落的一下，事情就成了！除了别针在门框上留下的一个不起眼的小洞，不会留下任何痕迹！"

"真是太巧妙了！"我惊叹道。

"确实巧妙，但我还想到了另一个办法，这个办法就要难得多了。但是，我觉得还是可行的：凶手在关门之前，扔出一个硬橡胶球，这个球在墙上反弹数次后，刚好落在锁扣上，把它推到了位。"

这个设想令我不寒而栗。

阿瑟露出了嘲讽的微笑：

"你以为我想到了亨利，是吗？不，你放心，我儿子连只苍蝇都不敢杀，更何况当时他十岁都不到。"

尽管亨利已经失踪三年至今杳无音信，但阿瑟依然坚信他还活着。他尽可能地避免谈到自己的儿子，但每当他说起亨利的时候，永远是以一种现在时的口吻，就好像亨利依然与他同住在一个屋檐下。

"不过，"阿瑟继续说，"我得承认，是亨利和他的那些把戏让我想到了这种可能性。也许，有人偶然撞见了他正在玩橡胶球，于是便煞费苦心地练习，以求达到精准。"

接下来，两人都陷入了沉默。

有一天晚上，我曾撞见亨利成功地完成了类似的把戏。若不是亲眼所见，我一定会立即推翻这个结论……

阿瑟打断了我的思考：

"我想告诉你的是，帕特里克的推断也是一种可能性。在我看来，甚至有很大的可能。没错，达内利夫人就是被谋杀的，这是一个魔鬼杀手实施的恐怖谋杀。法网恢恢，疏而不漏，他马上就要遭到报应了。复仇之神就像一只秃鹰，已经张开翅膀，准备扑向凶手，锋利的鹰爪一定会抓住他……"

我老老实实地听着阿瑟激情迸发的可怕陈词。他任凭这些疯言疯语绕梁盘旋了片刻，然后看着我的眼睛，严肃地劝诫道：

"所以我们担心这次显灵事件，担心女鬼复仇心切，会不顾一切地进行报复，对任何人都不留情……"他的声音变得坚定起来："我们必须先下手为强！"

"先下手为强？"

"没错，今晚我们会召唤鬼魂，逼她显灵，以便与之对话，对她进行安抚……还要借此机会，找出杀死达内利夫人的凶手。"

"你们打算在哪里进行这次实验？"

阿瑟回答的时候，眼神里闪过了一丝恐惧：

"就在案发地点，阁楼的最后一间。"

疯了！他们全都疯了！我震惊得说不出话来。过了许久，我尽可能镇定地问：

"所以你们打算逼迫鬼魂显灵，但是以什么方式显灵呢？"

"她会现出人形来。也许，今晚我们会再次见到达内利夫人，谁知道呢！"

"或许鬼魂会来复仇，"我开玩笑地说，"直接把凶手的尸体带过来！"

阿瑟的脸色变得阴沉起来：

"这次实验非常危险，我们很清楚这一点。"

"那你们会如何操作呢？"

"我们当中的一个人留在被诅咒的房间里，当然，我们会用封条把房间封住。每隔半小时，我就会去敲门，询问一切是否正常。我们不知鬼魂将以何种方式现形，但我们需要一个可靠的证人来见证撕毁封条的时刻，以防事后其他人说我们在中间做了手脚。"

"谁？"我吞吞吐吐地问。

"你说的谁，是什么意思？"

"谁留在被诅咒的房间里？"

"一开始我们想到了维克多,不过很可惜,他的心脏太脆弱。爱丽丝虽然害怕,但还是自告奋勇,不过帕特里克坚决不同意。所以,留在房间里的那个人,将会是他。"

"老实说,我已经不知道该怎么想了……"我摇着头说。

阿瑟久久地看着我,然后问:

"你今晚确定来吗?我们可以信任你吗?"

空气中弥漫着悲惨的气氛。我明知事态将会朝着坏的方向发展,却不听使唤地点了点头。

2
被诅咒的房间

我在房间里焦灼地走来走去,神经紧张到了极点。等待令人心惊胆战,我的胃里正在翻江倒海,额头上也渗出豆大的汗珠。我用颤抖的手掐灭了香烟(这大概已经是第二十支了),然后从口袋里掏出一条手帕,擦了擦湿润的前额。

詹姆斯,你就老实承认吧,你害怕了!衣柜的玻璃门上映出的苍白脸庞更加印证了这一点。我挪开视线,看了看手表:九点了。走吧!

我出了门,迈着坚定的步伐朝达内利家走去。浓厚的黄色大雾四处弥漫,什么都看不清楚。维克多家房顶上的山字墙张牙舞爪地矗立着,显得整座房子凶神恶煞。为了给自己加油打气,我开始吹口哨,哼起了动人的小调,虽然心里明白,这样也无济于事。

已经到了！我推开栅栏门，听到它不情不愿地吱嘎作响……我不禁打了个寒战，停止了吹口哨。加油，詹姆斯，往前走，振作起来，见鬼！再走几米就到大门台阶了。已经没有回头路了。

我按响了门铃，在门口等待。

维克多来给我开了门。

"我们都在等你。"他边说边焦虑不安地握了握我的手。

"约翰在吗？"

"不在，他有太多活儿要干。真是可惜……"

我同情地看着他，不敢相信自己的眼睛。维克多焕发了青春，他的身体变得更加挺拔，还穿了一件昔日光辉岁月曾穿过的苏格兰羊毛西装。这样的穿着低调优雅又不失奢华，衬衣和领带也是精心搭配过的。他两鬓的头发已经变成银白色，瘦小的脸庞却恢复了一些气色，还带着往日里潇洒而庄重的神情，看起来简直风度翩翩。他的眼睛熠熠生辉，透出一种疯狂的渴望。此刻站在我面前的，分明是一位坠入爱河的男人，期待着与深爱的人久别重逢。

我惊慌不已，试探性地问：

"也许，他会晚点来吧？"

"不，"他肯定地说，"他跟我说午夜之前没法结束，有个客户下了急单。"

我没有作答。约翰的确很忙，但是到目前为止，他总能成功地留出周六晚上，与我在酒馆小聚。应该是伊丽莎白从中作梗，肯定是她不允许自己的丈夫出门。显然，我这个妹妹与母亲行事简直如出一辙。我与她完全没有任何共同点。不过，她在婚前跟我说的话，我倒是完全赞同。在她新婚将近时，她曾对我说："詹姆斯，你能想象吗？约翰想让我们住在他父亲家里！住在那栋可怕的房子里！我回答他说，如果一定要这样，那我宁愿不结婚。"

这么一想，这好像是我俩意见唯一一次一致。当然对于她挑选的夫婿，我也是赞同的。她能嫁给约翰这样的人，也算是三生有幸了。

他们的车行位于主路上，就在酒馆附近。弗莱德大发善心，把酒馆楼上的一层公寓租给了他们。虽然只是一套非常迷你的一室一厅，附带一个厨房和一个浴室，但是这方小小天地有一个无法忽视的优点：这里不闹鬼，晚上也听不到脚步声。

"詹姆斯，快进来，我们去找其他人吧。"

我忍住了深长的叹息，跟在主人身后。自从约翰搬走以后，这所房子显得更加阴森了。门厅隐没在半明半暗中，楼梯上方发出的微弱光线根本起不到什么照明作用。维克多开始往楼梯上走去，我紧随其后，努力抑制着想要折返的欲望。

帕特里克一只手臂搭在壁炉搁板上，一只手轻轻推开自己的妻子说：

"我们已经无路可退了，现在……"

爱丽丝挽住丈夫的手臂说："亲爱的，我们真是疯了才会这么做，这太危险了。"

"我不这么认为,"维克多反驳道,"艾琳诺一直是个慈悲心肠的人,老实说,我不知道有什么可担心的……"

爱丽丝满脸忧虑地看着炉膛里跳动的火苗,又像没看到它们一样,她慢慢说道:

"维克多,我经常在幻象中见到您的夫人。我可以向您保证,她的眼神里没有丝毫善意,总是两眼通黄,如同凶神恶煞……那双眼睛没有瞳孔,只是两条黑缝……她想讨回公道,想要杀死……杀死那个……卑鄙地谋杀她的凶手……"她用食指指着天花板,"就在那上面!帕特里克,亲爱的,"她的声音里不无埋怨,"她也许会把你错当成凶手,她可能……"

爱丽丝的声音渐渐微弱。

帕特里克看了看爱丽丝,然后走到客厅中间,两只手背在背后,一副若有所思的样子。

"怀特先生,"他转身对阿瑟说,"您有没有带……"

"当然。"阿瑟边说边从上衣内侧口袋里掏出一个小丝绒袋。

他打开袋子,从里面拿出一枚硬币,展示给众人看。

"这枚硬币,"他继续说道,语气里满是收藏家展示珍品的骄傲,"可以说是独一无二的。按照您的要求,我是在出门前的最后一刻才选中它的。我可以向您保证,您在本郡范围内找不到同样的硬币。"

"您打算用这枚硬币来封印房间吗?"我问道。

"正是如此,"帕特里克微笑着确认道,瞥了一眼手表,

"九点二十五了,我们可以开始了。亲爱的,你现在可以把需要的东西拿上去了。"

爱丽丝久久地凝视着他,像是要把他的样子刻在脑海里。然后她拿起放在桌上的大烛台,接过阿瑟递给她的硬币,离开了客厅。

此时,帕特里克发话了:

"从我被关起来的时候开始算,你们大概每隔半小时上去一次。到时你们轻轻敲门,我会告诉你们鬼魂是否现形。"他微笑着继续补充说:"不过那上面可没有办法取暖!如果在三四小时以后还没有结果,那我们就可以结束实验了。"

"如果我们敲门没有得到回应呢?"我质询道,想到有这种可能性,我就心惊胆战。

"那么,"帕特里克苦笑着说,"爱丽丝的猜测应该就应验了……鬼魂应该已经带走我这具微不足道的躯体……"

"这不可能,"维克多叹道,情绪开始变得焦躁,"艾琳诺这么善良,她不会伤害任何人。"

客厅里气氛凝重,所有人都陷入沉默。帕特里克开始控制不住自己的神经,他在客厅里踱来踱去,嘴里不停嘟囔着:

"她在搞什么鬼!老天,这都已经五分钟过去了,她……"

门突然开了,爱丽丝一脸苍白地走出来。

"太好了,你们可以上楼了,"帕特里克用手捋着一头金发,以命令的口吻吩咐道,"我五分钟之后来找你们,上面很冷,我要去穿件外套!不过,爱丽丝,你把我的外套放在哪里了？"

"亲爱的，你好好想想，你自己把外套挂在衣帽架上了，就在楼下的门厅里。"

爱丽丝一动不动，眼神十分诡异。一种难以描述的恐惧占据了她的身体，在场的所有人都被这种恐惧所感染，除了维克多。

我们安静地离开了客厅，帕特里克走下楼梯，像是注意不到我们的存在。等他消失后，爱丽丝向我们示意，一行人走上通往阁楼的楼梯。

三楼的灯光勉强照亮了最上面的楼道，实际上这是个十分狭窄的地方。在我们面前有一堵墙，墙右边的门通向谷仓，左边则通向那几间阁楼。

"快走吧。"维克多低声说，他的声音因为激动而有些颤抖。

爱丽丝猛地打开一扇门，里面是一条黑乎乎的走廊，走廊尽头有一丝摇曳的烛光。四周死一般的沉寂，只听得到我们因为害怕和激动而屏住的呼吸声。这条走廊四处都镶嵌着壁板，尽头处是一条帘子。左手边除了壁板，什么都没有，右边依次排列着四扇门。最后一扇门被打开了，里面发出跳动的微光，只够照亮另外三扇门的搪瓷把手。这道微光像是有摄人心魄的魔力，令人着迷。

光源来自那见证了可怕悲剧的房间，我们都被这灵动跳跃的光芒麻痹了。

爱丽丝原本走在最前面，随后又侧身给我们让出过道，用一只手指着光源。我们鱼贯而入,走进最后那间被诅咒的房间。地板上是一个烛台和一个小纸盒,除此以外,别无他物。墙面上、地面上、天花板上,什么都没有,连个电灯泡都没有,整个房间空空荡荡。一块地板、一块天花板、四面用石灰刷白的墙、一扇门以及门对面的一扇窗,这就是这里的所有布置。

维克多朝窗户走了几步,然后在房间中间停下,低下了头。微弱的烛光映出他脸上巨大的悲痛。阿瑟立马走过去,扶住他的肩膀,低声地安慰他。看着两个因遭遇相同不幸而惺惺相惜的男人,我的内心感到一阵酸楚。

"当时,达内利夫人就是在这里被找到的。"爱丽丝在我耳边轻声说。

我有些愠怒,垂下眼帘,表示明白,心里却在想,我可比她更清楚这件事。然后我转身开始检查那扇门。爱丽丝突然挽住我的胳膊,盯着我的眼睛。她从里面推上插销,把门关上,然后对我说:

"我们已经仔仔细细地检查过门锁系统……我看不出凶手如何能从里面推上插销……"

楼梯发出"吱吱嘎嘎"的声音,走廊里响起了脚步声。

"帕特里克,你终于来了!"她边推开插销边说。

帕特里克身穿一件高领黑色大衣,一言不发地走了进来。他头上戴着一顶毛毡帽,一直拉到耳朵根,大半张脸都被遮住,只露出一个下巴。他的举止有些怪异,佝偻着背,头缩在肩膀里,身形仿佛缩了水，整个人看起来小了一圈。

"亲爱的，你准备好了吗？"爱丽丝柔声问道。

帕特里克低声嘟囔了一句，算作回应，然后他强硬地指了指门，请我们离开。维克多拿起烛台，带上纸盒，示意我们跟他走。阿瑟和我立马跟上，只有爱丽丝恋恋不舍，明显犹豫了一阵才出来。

站在她的角度上想，谁会愿意把自己的丈夫留在这个冰冷黑暗的房间呢？不管拿什么东西跟我换，我都不愿代替帕特里克·拉提梅去经历这一切。

门再次被关上的时候，爱丽丝忍不住问了一句：

"一切都好吗，亲爱的？"

帕特里克又是嘟囔了一声当作回答。

"好了，"阿瑟故作泰然地说，"现在我们只需要把门封住，接下来就只需等待了。"

爱丽丝摇了摇头，眼神紧紧盯在门上。在与墙面融为一体的木板后面，是她深爱的人，他接受了一个可怕的任务，要去招惹鬼魂——一个邪恶的鬼魂。

她深深叹了口气，然后把手伸进纸盒，从里面拿出一段大概二十厘米长的缎带。她用缎带穿过门框和门边的缝隙（就在把手上方），让阿瑟扶住缎带。然后，她从烛台上拿出一支蜡烛，又用盒子里的东西，在缎带的两头各留下一个蜡印，最后用阿瑟给的硬币狠狠地戳了下去。

就这样，被诅咒的房间已经被封印住，除非撕毁缎带，任何人都无法打开这道门。

维克多手举着烛台，闭上了眼睛。他的嘴唇在轻轻嚅动，这个可怜的男人正在祈祷，期待奇迹的发生。至于我，已经有些晕头转向。眼前正在发生的，是件不同寻常的事，这一点我早已接受，但是，达内利夫人的"重生"……不，我的理智无法接受这件事。这个灵异故事多么荒诞，多么不真切，与之相对的是，可怜的维克多绝望地寻找那已经失去的幸福一事，却又显得如此真实。

一群人如同送葬队伍，静静地走下阁楼，来到客厅坐了下来。

等待是极其痛苦的，时间好像静止了。爱丽丝脸上的焦虑越来越重，两只手紧张地搓着扶手椅的扶手。这天晚上，她穿着一件黑色的紧身上衣，上面隐隐约约镶着金银线，衣领向上立起，衣袖形似宝塔；下身则穿着一条同色的宽松裤子；头发向后梳得整整齐齐，用一条黑色发带绑在脑后；胸前一块银质吊坠闪着微光，串在脖子上的一条粗重项链上。我知道爱丽丝平日里就习惯了招摇，但这套装束属实有些怪异，更加衬托出她的苍白。当然，如此惨白的脸色与当时的凝重氛围也不无关系。

十分钟后，楼道里传来一阵轻微的响声，我们被吓得不轻，所有人都屏住了呼吸。接着又传来"吱嘎"一声，然后一切重归寂静。

"怀特先生，"爱丽丝恳求道，"您不觉得最好去看看……"

"再等十分钟吧,"阿瑟看了看手表,回答说,"我们下来还不到一刻钟。"

"不过,"爱丽丝停顿片刻,继续问道,"您收好您的硬币了吗?"

"是的,"阿瑟拍了拍外套胸口的位置,"用完我就收好了。"他从上衣口袋里取出硬币,凑到烛台前:"真是枚精美的硬币,我的老天,这硬币的年代……"

"艾琳诺回来了,"维克多突然站起来大喊道,"她就在楼上!在那个房间里!"

"十点十分了,"阿瑟清了清嗓子,"我去楼上看看……"

在爱丽丝感激的眼神中,他拿起烛台上的一支蜡烛,离开了客厅。

两分钟后,他回来了,脸上写满了忧虑。

"一切还好吗?"爱丽丝马上询问道。

阿瑟没有回答,反问了一句:

"您有剪刀吗?"

爱丽丝赶紧走到五斗柜前,打开抽屉,拿出阿瑟想要的剪刀,说道:

"在这里,但是……"

她这才意识到阿瑟的举动有些奇怪,然后她瞪大双眼,两手捂住了脖子。

"艾琳诺回来了……艾琳诺回来了。"维克多一遍遍重复着,像是在唱圣歌，一副容光焕发的模样。

"跟我来！"阿瑟严肃地命令道。

"帕特里克！帕特里克！亲爱的！"爱丽丝疯狂地敲着被诅咒的房间的门，带着哭腔喊道，"快回答，求你了！"

"不要惊慌，"阿瑟说，"您的丈夫可能只是昏过去了。但是，我觉得最好还是撕开封条，我们没法确保……"

阿瑟从维克多手中拿过烛台，凑到门边，仔细地观察缎带和蜡印。

"原封未动！"他叹道，"没有人从这扇门进去过。"

然后，他从中间剪开缎带，扶住门把手，闭上眼睛，深吸一口气，终于松口说：

"我们进去吧。"

门被打开了，烛台的光瞬间侵入了这间屋子。看到躺在地上的人，爱丽丝发出了一声非人类的尖叫，像破布娃娃一样晕了过去，维克多差点没能扶住她。

屋子里死一般的寂静。我们被吓得手足无措，紧紧地盯着帕特里克的身体。只见他脸朝下躺在房间正中央，就在几年前艾琳诺·达内利遇害的地方。在他的背上，插着一把刀的把柄。

阿瑟走近尸体，蹲了下来。帕特里克两手在胸前交叉，一只手越过了左边肩膀。阿瑟摸摸他的脉搏，然后摇了摇头。

"他已经死了。"

接着，他走到窗边仔细检查，却发现窗户关得死死的。

"没人能进入这间密室,"他低声宣布,"我们只能承认显而易见的现实:只有鬼魂才能犯下这样的罪行……"

"可是,"维克多依然扶着爱丽丝,他结结巴巴地说,"艾琳诺做不出这样的事……"

看到爱丽丝,阿瑟才意识到事情的严重性。

"我们不该做这样的实验,"他双手掩面悲叹道,"现在,我们应该报警。但是我不知道,他们是否愿意承认这世上有复仇女鬼……可是,他们也找不出别的解释方法了……"

阿瑟突然停了下来,开始聚精会神地看着地上的尸体。突然,他俯身把死者的脑袋转了过来,此人头上依然戴着帽子。然后,他便脸色大变,慢慢地站起身来,脚开始往后退。他死死地扶住墙边,生怕自己倒下去。

我大吃一惊,走到尸体旁查看……我被吓得汗毛都竖了起来——那分明是亨利的脸!

3
晕头转向

我们再次回到客厅，所有人都目瞪口呆，震惊得无法用言语来描述。一个可怕的想法在我的脑海里闪现：达内利夫人回来复仇了。她报了仇，杀死了凶手，凶手就是亨利！但这不可能！但是……没有任何人类可以进入被封印的房间。还有帕特里克，他当时在哪里？我尝试理清自己的思绪，却只是徒劳。太疯狂了，简直太疯狂了！我一定是在做噩梦。

端着白兰地酒杯的手突然出现在我的视野里，我抄起酒杯，一饮而尽。随后，我转眼看到躺在沙发上的爱丽丝，她依然处在昏迷中，没有苏醒过来。接着我又看向阿瑟。维克多问他要不要喝一些白兰地，他却示意不用。他眼神呆滞，完全失去了生机。

"警察马上就到，"维克多在我身边坐下，温和地说，"他所遭遇的事太可怕了……他的夫人，还有他的独生子……就在楼上……"

"帕特里克呢？"

"我不知道，我还没有精力去搜查整栋房子。但愿……詹姆斯，我不知道发生了什么，但是这太可怕了……幸好拉提梅夫人还没恢复意识，不然我真不知道该怎么跟她解释现在的情况……"

此时，门突然被打开了，帕特里克扶着后脑勺走了进来。

"发生什么事了？"他结结巴巴地说，"爱丽丝！我的老天！她没有……"

他赶紧冲到自己的妻子身边。爱丽丝醒过来时，蜷缩在帕特里克的怀里，热泪夺眶而出。接下来就该向他们解释当前的情况了。我向他们讲述了刚刚经历的悲痛时刻。

爱丽丝差点再次晕倒。

"亨利！被杀了！就在楼上！"帕特里克大声喊道，"但是……"

他突然停下，走到桌子前，连灌了两杯白兰地。

"我想，我知道事情的经过了。"他低头说道。

"我去门厅拿大衣的时候，"帕特里克继续说，"被人袭击了。当时我已经快走到衣帽架那边，然后就什么也不记得了……脑子里完全一片漆黑……当时光线很昏暗，我没有看到袭击我的人。总之，这个袭击者穿了我的大衣，戴了我的帽子，然后冒充我去找你们。"

"没错！"我感叹道，"我们没有看到那个人的脸！也没有听到他的声音，只有几句嘟囔声……我当时就觉得奇怪，尤其是他走路的姿态。帕特里克，他比您矮一些，身高差不多跟……"

"跟亨利一样，"爱丽丝低声帮我说完，"然后呢？"

"你们仔细检查了封印吗？"帕特里克问。

一直沉默不语的阿瑟此时说话了：

"封印完好无损，没人能在这个时间段进入房间。我只是剪断了缎带，封印还在，还可以去检查。"

看到没人接话，他补充道：

"如果是他杀，凶手不可能拿到，也无法自制一枚跟我们一模一样的硬币印章，因为没有人知道我会使用哪一枚硬币，就连我自己也不知道。我再强调一次，我是在来这里之前临时决定的，时间就在八点半。另外，我还要说明一下，我总共收藏了不下六百枚硬币。"

阿瑟真是个不同寻常的人，就算悲痛至极，依然能冷静地分析一切。在这种情况下，谁又能做到像他一样呢？

"所以，亨利把自己锁在房间里，"帕特里克继续说，"然后——"

"我们面对的是一起灵异死亡事件，"阿瑟冷冷地打断了他，"没有其他办法来解释了。唯一的疑问是，为什么亨利会回来，又为什么会……会被夺去生命？"

没有人回答他的疑问。

"死的确实是亨利吗？"帕特里克问道，"最好的办法是上楼去……"

"我们还是等警察来吧，"维克多说，"他们应该马上就到。"

话音刚落，就传来了门铃声。

"警察到了。"

这桩离奇命案让当地警局无力招架，他们直接向苏格兰场请求了协助，首席警官德鲁将负责这桩案件。

因为破解了几桩十分棘手的案件，我们的这位老朋友已经在三年之内平步青云，成了首席警官。这次，苏格兰场派他接手这件事。最近，纸媒对他的事迹进行了报道，对于追踪罪犯这件事，德鲁警官很有自己的一套：他先是设身处地把自己想象成罪犯，然后对嫌犯进行十分深入的审讯，让他们回答很多与事件本身并无关系的问题——他会仔细询问他们的个人生活，甚至会涉及童年时期，接下来再认真研究他们的性格。因为他这种办案方式，苏格兰场的同事都称他为"心理学家"。

尸体被带走之前，现场的目击者都确认了死者正是亨利，然而阿瑟并不愿意接受儿子的死亡，他声称："此人似乎跟亨利很像，但他不是亨利。"

悲剧发生的第二天，德鲁警官来到了案发现场。警方已经检查过蜡印和案发房间，然而他们的努力没有任何成果：房间里没有秘道，蜡印没有任何被破坏的痕迹，窗户也无法从外面锁上。他们花了很长时间审问阿瑟，向他确认硬币印章的事，但阿瑟的回答十分干脆：没人能预知他的选择，就算凶手会读心术，猜出了他的心思，那也得绞尽脑汁才能拿到硬币的副本，而且……

有人提出，凶手有可能制作了一个模具，使用模具制作了同样的蜡印，但是专家给出了十分明确的答复：蜡印上的图案确实来自阿瑟的硬币，而不是某个副本或者模具。还有一种可能性是，受害者被关起来之后，硬币就被掉了包。阿瑟断然否定了这种可能，他声称从那一刻开始，硬币就没有离开过他的上衣内侧口袋，他检查过很多次。

幸运的是，阿瑟有无可辩驳的不在场证明：那天晚上九点到十点，也就是法医认定的命案发生时间，他一直跟其他人在一起。当然，阿瑟可以有同谋，他们共同策划了这桩命案，这也是这桩匪夷所思的案件的唯一的理性解释了。

一位父亲杀死自己的儿子，这并非奇闻，但在这起事件里，他没有任何动机。是因为他疯了吗？不，阿瑟的神志十分清晰，情绪也很稳定。

德鲁警官到的时候，警方正抓耳挠腮，百思不得其解。比起三年前，德鲁警官已经发生了很大改变。他的脸上总是挂着胸有成竹的微笑，好像只有他才是唯一能掌握事实真相的人。仔细检查了犯罪现场后，他得出了如下结论：

"如果目击者说的都是事实,那么只有两种可能性。第一种,怀特先生在同谋的帮助下,杀死了自己的儿子,但是我认为这不太可能,因为这太明显了。第二种可能性乍一看也许有些离谱,但还是有可能发生的。失踪三年以后,亨利回到故乡,来到了拉提梅家,或者说是达内利家。他藏身在门厅里,打晕了拉提梅先生,穿上他的大衣,来到阁楼,以拉提梅先生的身份被锁在了里面。我们暂时不要去想他为什么要这样做。然后,他打开窗户,把凶手放了进来。乍一看,从外面走到这扇窗户似乎无法实现,但其实他可以从屋顶下来,再从另一扇窗户爬过来。凶手在亨利背后捅了一刀,然后原路离开了。亨利在死之前,关上了窗户。就是这个看似令人无法理解的举动,使这桩案件带上了'灵异'色彩。所有看似不可能的案件其实都能找到最简单的解释。"

"这顿饭真是太好吃了,简直是人间美味!我这辈子都没……"

"詹姆斯,别太夸张了!你的赞美有点过头了,听起来像是在讽刺我。"伊丽莎白抗议道。

"亲爱的,詹姆斯可没有夸大其词,我反而觉得他低估了你在烹饪上的天赋!"约翰加入了对话,"最好的法国餐馆都会不惜重金请你去做厨师……"

伊丽莎白难以置信地看了看我们,不知该作何感想。

惨案发生两天后,我的妹妹邀请我一起共进晚餐。这可是件稀奇事，显然她很想打探那晚的悲剧是如何发生的，一个细节都不愿错过。我讲述事件经过时，被她打断了两次："约翰！别说了！太可怕了！再也不要跟我说起这件事！"可马上她又会说："然后呢？发生了什么？"

"约翰，你觉得呢？"伊丽莎白假装漫不经心地问。

"我不是已经告诉你了吗？这些菜太好吃了！"

"我说的是亨利的谋杀案！"

"我不知道，"约翰眼神异样地回答道，"村里的人都在讨论被诅咒的房间，所有话题都是'杀人的房间'。有些客户甚至猜测是亨利杀死了我母亲，所以现在她的鬼魂来报仇雪恨……但我可不相信鬼魂这种东西。不过，我开始在想，村子里是不是有一个杀人狂魔……现在，我觉得，我的母亲可能是被谋杀的……"

"够了，约翰，"伊丽莎白抱怨道，"别再说什么杀人案了！你倒是想想看，之前你还想让我住在那栋房子里！但是为什么有人要谋杀你的母亲？又为什么要杀亨利？"

"约翰，也许亨利知道是谁杀死了你的母亲。"我猜测道。

"如果真是这样，"约翰用余光看着我说，"那凶手早就铲除亨利了。"

"那倒也是。"

三个人都沉默了。

片刻之后，伊丽莎白提醒道："报纸上说是谋杀，却没有披露这起案件不同寻常的背景。"原来她的消息十分灵通。

"那当然了,"我叹了口气,"警方肯定不希望人们知道他们对这桩案件束手无策。近日以来,他们的能力时常受到质疑……"

约翰赞同地点了点头。

"你对德鲁警官的推断有什么看法?"我突然问道。

"亨利在死之前关上了窗户?简直是无稽之谈,这根本说不通。"

"我觉得,这像是他能干出来的事。"伊丽莎白加入了对话,语气十分笃定。看到我们都没有反应,她有些生气,然后抬高嗓门继续说:"亨利这个蠢货是个虚荣心很强的人。我完全能想象,他直到最后都在给我们变戏法。他想完成一次完美的谢幕,这家伙总是自命不凡,他一定希望自己死得惊天动地。我觉得,德鲁警官说得有道理,他精准地命中了亨利的心理。看来,他'心理学家'的名号不是浪得虚名。"

我本想反驳,但看到约翰放在嘴巴前的手指,又把话咽了回去。

"你们核实了嫌疑人的不在场证明吗?"约翰问道,"我是说,那些——"

伊丽莎白并不等我回答,抢着插话:

"只有一个人没有不在场证明!"

然后,她一言不发,思忖良久。

片刻之后,约翰说道:"啊!我懂了,你是说有可能帕特里克……"

"不,"伊丽莎白反驳道,"不是帕特里克,是你,约翰!"她的食指明晃晃地指向自己的丈夫:"你独自一人在车行待到了半夜!"

约翰挤出一丝微笑:

"亲爱的,你可真是好观察力。不过,你好像忘了,你也一样,没有不在场证明……"

伊丽莎白浑身颤抖地站了起来。

"你竟敢怀疑你的妻子!我可是你的妻子……你的夫人……"

她气到失语。我抬起手来,示意她冷静:

"好了,真是受够了!等我走了,你们有的是时间吵架。话说,我是真的得走了,已经快八点半了。怀特先生还让我到他家去一趟。"

"有这么紧急吗?"约翰询问道,"你可以晚点去,甚至明天再去……只要给他打个电话就可以了……"

"不行……其实,不是怀特先生让……是德鲁警官想审问我们。"

"可怜的怀特先生,"伊丽莎白说,"警方就不能放过这个受尽折磨的人吗……"

"你不用担心他,"我对她说,"怀特先生并没有因此消沉,他坚信被谋杀的并不是他的儿子,尽管所有人都已经认出那就是亨利。唉……"

说完这些话，我再次感谢了他们提供的美味晚餐，随后就与之作别了。

门外迎接我的，是刺骨的寒风和苍白的明月。

我在空无一人的街道，一边听着自己仓促的脚步声，一边在脑海里回放当夜惨剧发生的经过，试图找出其中的时间联系。这里面有种我说不上来的古怪。我很清楚事情发生的时间，但不知道是什么事情令我不安。我们第二次上楼的时候，先敲了门……没有人回应。我们解开了封印……打开了门……然后看见了尸体……不，是在这之前的事，我想到哪里去了……这种古怪的感觉是什么时候产生的呢……啊，真可恨！就是想不起来！是因为一个动作，一句话，是看到了什么，还是听到了什么？

算了，这样绞尽脑汁也毫无用处，等我不再想了，它就会自己冒出来的。

当时我怎么也想不到，如果我能想明白这一点，就一定能发现那十恶不赦的凶手所使用的手段。倘若如此，就能避免一桩可怕的命案。而这桩命案的作案动机也将永远留在警局的年鉴里，此话没有半点虚假！以后，你们就会明白这些话说得多么贴切，不过这些都是后话了。

阿瑟讲述完惨案经过时，已经快九点一刻。他的描述如此精准，我甚至不用补充。

德鲁警官抱着双臂，安然地坐在扶手椅上。他摇了摇头，微微一笑，然后说：

"您的叙述很精彩，但是很遗憾，并没有提供什么新的信息。"他朝我投来锐利的眼神："史蒂文斯先生，您呢？您有什么话要说？怀特先生有没有遗漏什么细节？"

"没有，"我点燃一支香烟回答道，企图回避这双想要把我看穿的蓝眼睛，"我没有什么要补充的，怀特先生刚刚已经非常精准地叙述了当晚的案发经过。因为怀特先生和我，我们全程一直在一起，所以我也没有更多别的信息了。"

阿瑟微微眯起双眼，慢慢抽着烟斗。

"这是四十八小时之内，我第三次讲述这些事实，"他说道，"我觉得，现在您应该跟现场目击者一样了解事情的经过了。"

"警方可不信鬼魂这一套。"德鲁警官突然说。

阿瑟愣了一下，然后反驳道：

"每个人都有自己看问题的方式。"他停顿片刻后，又接着说："不过，您的推断现在有什么进展吗？您认为凶手来过之后，死者可能把窗户关上了？"

德鲁警官眼里闪现出一丝光芒，但他马上镇定下来，冷漠地回应道：

"说真的，这只是一个初步假设，我作出这个简单的猜测，不过是为了说明,这桩命案并不一定是鬼怪所为。没错,这种情况不太可能发生。一方面,我们并未在窗户把手上发现指纹;另一方面,据法医所说,您的儿子在身中一刀后,也不会再有爬起来的力气。"

阿瑟的脸上露出明显的不悦:

"我再说一次,死者不是我儿子!"

德鲁警官看着自己的鞋尖,嘴角浮现出一丝微笑。

"怀特先生,理智一点吧,"他故作好意地说,"所有见过尸体的人都明确指认那就是您的儿子。我完全理解您的心情,但是我们必须面对现实。"

"是啊,怀特先生,"我尽可能委婉地说,"那确实是亨利。相信我,如果他们认错了受害者,那我一定是第一个提出疑虑的人……"

阿瑟僵在那里,如同一尊大理石雕像,客厅陷入了令人尴尬的沉默。德鲁拿出一支香烟,放在纤薄的嘴唇上,点燃了它,然后他清了好几次嗓门,才继续说:

"不过,这件事确实十分蹊跷……"

"没错,"我赞同道,"一个人在密不透风的房间里遭到谋杀,光这一点就足够诡异了……"

"这自是不用说!但我想说的不是这个,"德鲁回答道,"您还记得吗,怀特先生?大概三年前,您曾遭人暗算,就在您家门前的土路上!"

"没错，"阿瑟的声音里有些许愤怒，"我甚至还记得告知过您，在被打晕之前，我瞥见有人扛着一具尸体往树林的方向走……但您似乎没有当回事。"

德鲁压抑着怒火。

"怎么能说没当回事呢？"他嘟囔道，"我们对树林进行了地毯式搜索，没有找到任何尸体，而且附近也没有人失踪，还要怎么做呢……"

"可我的儿子失踪了！"阿瑟发火了，"这您又怎么说？"

看在阿瑟是位知名作家的分儿上，德鲁还是敬他几分。

"我正要说到这件事，"他温和地说，"所以，就在您遇袭后，您的儿子失踪了。几天之后，他在同一时间两个不同地点再次出现。这已经非同寻常，而这还不是最精彩的部分：如今他竟能闯入一个密不透风的房间，并且还在那里被人谋杀！"

此时的德鲁已经难掩怒火，他的声音颤抖着：

"我先把话放在这里，怀特先生，不管凶手是谁，事情总会水落石出！到目前为止，我还没有失过手，这一次也不会……"

门铃突然响了起来。

"是维克多。"阿瑟站起来说。"不对，"他又改口了，"我听到停车的声音了。可能是哪个朋友……抱歉，请稍等。"

阿瑟走出了客厅，我和德鲁两人一言不发，竖起耳朵听着。我们听到了一声惊叫，听到车启动的声音，然后就什么也没有了。过了一会儿，又传来一阵欢呼声。

阿瑟站在大开的客厅门口,喜极而泣。在他的身后,有一个模糊的身影逐渐清晰……我的心脏停止了跳动,随即理智也离我而去:亨利!是亨利!

活生生的亨利,就站在我的面前!

4
心理学分析

"你好,詹姆斯,我的老朋友!"亨利给了我一个大大的微笑。

我扑到他身上,两手不停拍打着他的肩膀,而后又退到离他一个手臂的距离,仔仔细细地打量他:

"亨利!这怎么可能?"

泪水从他的眼角溢出,顺着脸庞流淌下来。

"詹姆斯,又见到你了,你无法想象,我有多高兴!"亨利低声说,声音里满是激动。

亨利在跟我说话,确实是他,只有他的声音能如此温柔。

"德鲁警官,"阿瑟用手帕掩面,擦着眼泪说,"我给您介绍一下,这是我的儿子亨利。"

德鲁为难地挤出一个僵硬的微笑,试图展示热情,但语气却酸溜溜的：

"幸会，年轻人，幸会……"

那咬牙切齿的样子，如同魔鬼附体，正在酝酿报复计划。他的眼睛发出绿光，颧骨十分宽大，脸色也变得怪异起来，就像怒发冲冠的印第安酋长。

而我沉浸在狂喜之中，大声喊着：

"现在，我们的亨利回来了！"

德鲁依然保持着僵硬的笑容，亮出他的牙齿。有那么一瞬间，我开始担心，他会亮出爪子，扑向我的朋友，把他生吞活剥，但他控制住了自己，只是冷冷一笑。

"亨利，"我激动到认不出自己的声音，"怎么会……为什么……"

我晕头转向，膝盖一软，幸好身后有一把扶手椅。

看到我状态不对，阿瑟像是被点醒了。他激动不已，颤抖着转身走到酒柜旁。

"我们应该喝一杯，庆祝亨利的回归！"他大声说着话，以便掩饰内心的激动，"应该庆祝他的回归！"

我本想说话，想问出上千个问题，但是我喉咙紧锁，就这样一动不动地坐在扶手椅上，大脑已经完全瘫痪，只有视觉还在运作。我看到德鲁像一只正在捕猎的猛兽，一动不动地盯着亨利，随时准备扑上去；阿瑟的脸上则洋溢着幸福，他倒满了四个酒杯；亨利走到我身边，环抱住我的肩膀。

阿瑟举起酒杯,一饮而尽,闭上眼睛,然后再次睁开:

"我的儿子,为什么三年时间,这么久杳无音讯?"

他的语气十分低沉,充满了伤感。

"对啊,为什么?"德鲁挖苦地重复道。

亨利低着头,一言不发。

"大家都以为你已经死了,"阿瑟继续说,依然是一样的语气,"我就知道你肯定安然无恙,但是……那个在我们的邻居家被谋杀的人,到底是谁?你知道这件事吗,亨利?你看了今天的报纸吗?你知道大家都以为你被谋杀了吗?"

亨利依次看了看我们,然后点了点头。

"没错,此人到底是谁?"德鲁质问道,他尽量想显得温和,语气却十分冰冷。

亨利依然低着头,他走了几步,回到自己的位置上,过了好一会儿,才开口说:

"他是我的搭档,鲍勃·法尔,是个美国人……"

"所以这段日子你一直在美国?"阿瑟瞪大眼睛问道。

"没错,"亨利犹犹豫豫地说,"我……我们做了很多魔术表演,尤其是分身术表演。我认识他的时候,他在一个马戏团当杂技演员。我们两人如此惊人地相似,然后我们一拍即合,意识到这将给我们带来巨大的利益!你们能想象吗,这简直是天上掉馅饼,两个人都是耍杂技的,并且长得几乎一模一样!……啊!我可以告诉你们,我们的分身术表演大获成功!我们可以任意地出现或消失,观众一直以为看到的是同一个人!……可是现在……鲍勃已经不在了。"

客厅里一阵沉默,令人感到局促。

阿瑟方才一直保持着镇定,此刻却突然热泪盈眶。

"鲍勃·法尔已经不在了,"德鲁警官低声嘟囔着,他朝天花板吐着烟圈,明亮的双眼凝视着袅袅升起的烟雾,"小伙子,您可以告诉我,前天晚上您的搭档去你们的邻居家有何贵干吗?"

"不行,"亨利回答道,"我暂时什么都不能告诉您……不,现在还不能说。"

"暂时不能说?"德鲁看着炽热的烟头,脸上泛起魔鬼般的微笑,"很好,很好……或许您知道他有什么仇家?不要忘了,他是被谋杀的……"

亨利摇了摇头。

"很好,很好,"德鲁继续说,"不过,您知道您的搭档死得有多么离奇吗?"

"我看了报纸,他在谷仓被人捅了一刀。"

"没错,"德鲁赞同道,"报纸上是这么说的,此话不假,但还少了几个细节。我会向您解释这些细节,顺便问一句,您什么时候从美国回来的?"

"我在几小时前才回到英国。然后我坐了第一班火车从伦敦赶往牛津,又打了出租车回来。"

"好……很好,很好……简直完美,"德鲁从口袋里掏出一本笔记本，写了几个字，"我不会让您的父亲再次讲述悲剧之夜，也不麻烦您的朋友了，他看起来似乎没法连贯叙述事情的经过，我亲自来向您解释。"

当他说完的时候，他问亨利：

"小伙子，您怎么看？您似乎是个变戏法的专家，也许您能帮助我们破解这桩案件，揭发凶手的狡猾伎俩？"

亨利双手掩面，没有作答。

过了好一会儿，他才说："警官，我什么都不能告诉您，什么都……暂时还不行。"

阿瑟担忧地看着自己的儿子。他从扶手椅里起身，对德鲁说道：

"警官，我不想对您无礼……但是您应该能够理解……我已经三年时间没见到我的儿子了。"

德鲁的眼神依旧紧锁在亨利身上，他慢慢起身，展示出瘦弱的身躯。

"怀特先生，我理解，非常理解。"

他接过阿瑟递给他的衣物，用一条米色围巾裹住长长的脖子，然后穿上优雅的外套。穿戴完毕后，他走到亨利身边，露出狡黠的笑容：

"小伙子，给您提个小建议，接下来的这段时间不要走远……您得知道，只要德鲁警官出手，事情必定会水落石出。我们明天再见，我要与您进行一次……友好的谈话！"

说罢，他僵硬地鞠了一躬，然后转身就走。

大门"哐"的一声被关上了。

"真是个奇怪的人。"片刻之后，亨利说道。

"你得设身处地为他想想，"阿瑟提醒道，"他摊上了一桩如此棘手的案件。不过，我的孩子，你可别告诉我，你不知道鲍勃为什么会来这里！"

亨利再次陷入沉默，我继续问道：

"亨利，你至少知道，你失踪的那天晚上，你的父亲被人狠狠地袭击了吧？几天之后，我在牛津火车站看到了你，与此同时，拉提梅夫妇在帕丁顿火车站也看到了你，这件事你知道吗？现在我知道了，拉提梅夫妇把鲍勃错认为你了……你倒是解释一下，别一言不发啊！警官已经走了，你可以信任我们！"

亨利眼里噙满了泪水，向我们投来哀求的目光：

"父亲、詹姆斯，你们暂时什么也不要问我，不要再问了。总有一天，我会向你们解释，这一天很快就会到来……到时你们就会明白。但是，我乞求你们，不要再问我了。我需要好好思考一下……"

第二天一大早，德鲁就来审问亨利了。对话并没有持续太久，一刻钟之后，警官就怒气冲冲地走出来，又垂头丧气地离开了。

我贴在卧室的窗户上目睹了这一切，不难想象刚刚发生的事：在德鲁的盛怒之下，亨利依然没有开口。

如我所料，这一天村子里炸开了锅。得知亨利"复活"的消息后，人们都惊呆了。母亲去买完菜回来，发现消息已经传遍了面包店、杂货店、肉铺，还有别的地方，大家都在谈论亨利的事。

这一天，我没有出门。我把自己关在房间里，试图理清脑海里乱成一锅粥的无尽思绪。

晚上，约翰和伊丽莎白来看我们。我的妹妹假装漫不经心却熟练地展示着"围裙侦探"的才能，只不过她的努力没有什么成效，她的消息并不比我更灵通。跟我父母一样，约翰也有些错愕，并没有多说什么。当然，他们的脸上都透着喜悦，亨利还活着，这真是万幸。但是我们都等着看事情如何发展，空气中弥漫着悲剧的味道，所有人都感觉到了。事实也确实如此，死神即将再次袭击我们的村庄。

自从亨利回来以后，德鲁警官就再也没有离开附近，他一直在四处转悠，去每家每户敲门，审问所有人。自然，我父母和我都未曾幸免。他不断地询问我们关于亨利的一切，他的童年、喜好、性格，总之，他开始用上了心理学家的那套办法。

报纸上依然没有什么水花。有两三篇报道确实提到了尸体的身份认证出错了，但仅此而已。然而，这些事明明值得上头版头条，被冠上"密室被害，著名作家儿子死而复生！"这样的标题。看来，阿瑟的影响力远远超出了我的想象。

第三天晚上，我去拜访了亨利。他不停地跟我讲述在美国的经历，他跟他的搭档鲍勃在美国进行巡演，借助于惊人相似的外表，他们骗过了所有观众。然后我问他以后有什么打算。"我完全不知道，詹姆斯，"他回答道，"我得好好理一理，我现在毫无头绪。"接着，我提到了那个禁忌话题，也就是鲍勃的谋杀案。"以后再说吧，詹姆斯，以后再说，让我再好好想想……"

而后，那个可怕的夜晚便来了。那是一个令我刻骨铭心的夜晚，在场的所有人都永生难忘，尤其是首席警官德鲁。

亨利回来已经快一星期了。在十一月底一个寒冷的夜晚，应德鲁警官的要求，阿瑟在家召集了所有涉案人员。火苗在壁炉里噼啪作响，依然无法温暖客厅里冰冷的气氛。德鲁警官是带着两个同事来的，这本就令人寒意顿起，更何况，这两人还悄悄地站在了客厅门口，像是为了守住出口一般。拉提梅夫妇坐在沙发上，爱丽丝一脸苍白，躲在丈夫怀里，帕特里克看起来也十分不自在。约翰和伊丽莎白不耐烦地坐在他们的右边。阿瑟和维克多坐在扶手椅里，亨利和我分别坐在壁炉旁的椅子上。亨利虽然身材矮小，稍显臃肿，但也不失优雅：他身穿一套灰色天鹅绒西装，酒红色的领结配上浅蓝色衬衫，十分出挑。他的双肘放在膝盖上，眼睛盯着地面，焦躁地扭动着手指。

德鲁警官把手背在后面，面对着壁炉。突然，他转过身，煞有介事地说道：

"女士们，先生们，鲍勃·法尔的谜案将在今晚大白天下。

我还可以告诉你们，杀死他的狡猾凶手，就在这间屋子里！"

一股恐惧传遍了客厅，众人鸦雀无声。德鲁平静地点燃一支烟，吐出几口烟圈，继续说：

"首先，请大家不要打断我，接下来我要说的，乍一看与这桩案件毫不相干，我说的是乍一看，因为马上你们就会明白。所以，我再强调一次，就算你们觉得我的话没有任何意义，也不要打断我。"

德鲁把手伸进外衣口袋，拿出一个橡胶球，在手里抛来抛去，嘴角露出阴险的微笑。他向众人展示着这个小球：

"请看这个，告诉我，你们看到了什么？"

听到这个愚蠢的问题，没有人作答。看到大家诧异的表情后，他满意地继续说：

"这个球就是凶器！或者说，它贡献了一场最叹为观止的谋杀：在密不透风的房间里实施谋杀。"

"我没记错的话，你们当中有人坚持认为这是一起灵异事件，"他停顿片刻，把球放回口袋，"我不完全否定鬼魂的存在，世界上总有些我们无法解释的事，不相信鬼魂是件愚蠢的事……但在我们调查的这桩案件里，有一点是可以肯定的，这一定是凶手所为，一个十恶不赦的凶手……"

屋子里静得几乎能听到苍蝇飞过的声音。

接着，德鲁拿起放在壁炉桌上的一本紫皮书，这本书是他带过来的。他龇牙咧嘴地快速翻阅着，然后在众人面前举起这本书，郑重而严肃地说：

"这桩谋杀案的所有细节都能在这本书里找到！所有细节，我说的是所有细节！"德鲁双手捧起书，眼神温柔地看着它："如果看完这本书还不明白，那可以说就是瞎子！没错，瞎子才看不懂……同事们称我为'心理学家'，这可不是浪得虚名！"他故作谦虚地补充道。

当众人看到书的名字《胡迪尼和他的传奇》时，更加难以掩饰脸上惊讶的表情。

"现在，我将向你们讲述胡迪尼的生平，"德鲁得意扬扬地继续说，"我会先从他的伟大事迹开始讲起，随后我们就会明白他的心理。我再次提醒，不管你们有什么想法，都不要打断我。

"我想，在座的所有人都知道哈里·胡迪尼吧，他有很多名号：'手铐之王''永恒的越狱者''逃脱术之王'……在本世纪初，此人曾征服了大众，总统们为之着迷，就连王公贵族也为之惊叹。让他名声大噪的事，发生在1898年，《芝加哥日报》的头版刊登了这样一则新闻：'手铐之王胡迪尼挑战芝加哥警局，声称他可以手戴手铐，在一个多小时之内从政府监狱逃脱……'

"警方马上就接受了挑战。胡迪尼被关在一间牢房里，一群狱守密切地监视着他。在监狱长的办公室里，记者们围成一团，都在等待这次挑战的结果。他们并没有等太久，因为几分钟之后，办公室的门就被推开，胡迪尼一身轻松地走了进来。众人短暂惊愕之后，一名记者指认胡迪尼身上藏着万能钥匙，可以打开所有不同的锁。胡迪尼建议立即重新开始实验，也愿意接受事前的彻底搜身。一位医生对他进行了搜身，但一无所获，胡迪尼再次被关进牢房，而这次是赤身裸体！他的衣物被放在另一间紧闭的牢房里。这一次他用的时间甚至比上次更短，胡迪尼穿着自己的衣服再次出现在办公室里，惊呆了在场的所有人！

"两年之后，也就是1900年，胡迪尼踏上了英国的土地。他的表演立刻征服了英国观众，人人为之热情高涨。尤其引人注目的是，他经常在表演结束时发出挑战：他可以接受现场观众带来的任何手铐，然后声称可以在接下来的几分钟之内逃脱。世界上最著名的警局苏格兰场提议在他们的地盘做一次实验。贪恋名声的胡迪尼自然接受了这次挑战。警方把这位魔术师带到一个走廊，让他用手臂环抱住一根柱子。随后，他的手腕自然被铐上了一副常规手铐。警察们咧嘴笑着走开了，心想着，把他绑成这样，肯定不可能逃脱了。谁知他们还没走几步，身后就传来了胡迪尼的声音：'如果你们是要回办公室的话，那就等等我……我跟你们一起去……'他们大吃一惊，转过身就发现胡迪尼正无拘无束地紧随他们的脚步！

"这次壮举使这位美国艺术家受到了史无前例的追捧。伦敦观众趋之若鹜，都想一睹这位胆敢挑战英国警局的现象级人物的风采。他在欧洲的巡演大获成功，最负盛名的音乐厅都不惜重金，纷纷请他赏脸去表演，柏林、德累斯顿、巴黎……甚至还有莫斯科。对于普通民众来说，哈里·胡迪尼就是一个巫师，一个拥有特异功能的巫师。这事听起来有些不可思议，由于他的法术过于神奇，他甚至被带到了德国法庭进行审问……

"1903年，他在莫斯科为自己精彩的巡演画上了一个完美的句号。你们肯定都知道那辆臭名昭著的俄罗斯囚车，它的用途就是用来押送政治犯去西伯利亚。这是辆用厚重的钢材制成的篷车，有四匹马拉着它。这个移动牢房只有一扇极小的窗户和一扇门，门是从外面上锁的，而且一旦上锁，只有西伯利亚相关机构能打开。所有人都认定，没人能从这个篷车里逃出去。然而，胡迪尼还是接受了挑战。在经历了他职业生涯中最野蛮、最细致的搜身后，他被关在囚车里发往西伯利亚。不到一小时，胡迪尼就脱身而出！

"随后，胡迪尼就回到了美国。他在美国的所有大城市进行巡演，当地警局几乎都会收到他的挑战信，而他的脱身计屡试不爽，尤其是在华盛顿，他还打破纪录，把所有犯人都放了出来！

"但是我们的英雄岂会满足于这样的壮举，他还曾戴着手铐和脚镣潜入冰冷的河流，或者是在脚踝上绑上四十公斤重的铁球，曾从束缚精神病人的紧身衣中逃脱，有时还是倒挂在十层楼的楼顶！他也曾把自己关在一口牢牢钉住的棺材里，然后让人把他埋在离地面两米深的地方！他还曾从保险柜中脱身而出。实际上，没有任何东西能束缚住他：手铐、脚镣、束身衣、绳子、牢房、棺材、锁住的行李箱、保险柜、封上蜡印的邮件袋……我就不再赘述了，他总是能成功脱身！而这还不是最绝的，他曾经让一头大象在赛马场消失，还曾成功穿越一堵砖墙！

"这位征服了全世界的男人，在1926年10月死于一场愚蠢的事故。一位观众应他的要求，照着他的腹部打了一拳，然后——"

"德鲁警官！"阿瑟斩钉截铁地打断了他，"我们都知道胡迪尼是谁！我承认，这是个有趣的话题，但是您真的认为现在是讲故事的时候吗……"

德鲁脸上泛起微笑：

"胡迪尼的生平与鲍勃·法尔的死有着直接的关系。我承认，也许我刚才有些啰唆，多讲了几句这位魔术师的壮举，现在我们将进入正题，也就是哈里·胡迪尼的心理。我再次请求你们，仔细听我接下来要说的话，不要打断我，因为解开谜团的关键都在话里面。"

在场的众人都被惊得说不出话来。停顿片刻后，德鲁继续说：

"你们应该都猜到了，哈里·胡迪尼是个艺名，他的真名叫作艾里希·韦斯，出生于1874年4月6日，是个早产儿。他的出生地点不详，但是人们猜测应该是布达佩斯。从小他就喜欢变戏法和耍花招，逗同学们开心。有人说，他最初的尝试，是为了打开母亲藏糖果的柜子。到了七岁的时候，他就经常去马戏团，十五岁时，他就跟一个朋友一起表演了幻术。一开始，胡迪尼并不出色，但是，凭着高强度的肌肉训练，凭着对艺术的热爱、钢铁般的意志力和超凡的野心，他最终企及了荣誉的殿堂。

"没错，此人有着非同一般的野心，他辉煌的事业便可以证明这一点。他想持续保持优秀,不断给观众带来惊喜,根据这一点,我们可以知道,他的内心十分简单,极度高傲又极端地以自我为中心。他无时无刻不在拿自己的生命冒险,总是追求超越自我,只为了不让观众失望,永远占据报纸的头版头条。这一切都让我们想到一个吵闹任性的孩子的心理……他对女性的态度十分奇怪:对他的妻子,他表现出不可思议的腼腆又令人难以置信的善妒,而且这样的妒火常常是毫无理由的;而对他的母亲,他又极度崇拜。

"1916年,胡迪尼和妻子踏上了开往欧洲的轮船。途中的某天晚上,他突然在船舱惊醒,没来由地感到极度悲伤,在床上痛哭不已。随后,他才得知,就在同时,他的母亲因心脏病发去世了。"

我惊得从椅子上跳了起来,马上想到了怀特夫人的死:亨利也曾预感到母亲的死亡!但是,德鲁不可能知道这件事,这是我和亨利之间的秘密。我开始明白德鲁的意思了:他在对比胡迪尼和亨利的相似之处。但是这么做有什么意图呢?

我瞥了一眼亨利,他不再低着头,而是用奇怪的眼神盯着警官,似乎正在聚精会神地听他说话。

"胡迪尼很喜欢他的母亲,"德鲁继续说,"他很崇拜她,很珍视她,常常送她各种礼物,讨她欢心。母亲去世以后,他终日以泪洗面,陷入深沉的绝望,没有任何事可以安抚。自然,他也无法再继续登台表演了,但最终使他走出抑郁并重燃希望的是一个奇怪的信仰，那就是通灵术。他作了几次通灵术的尝试，想与已故的母亲进行'交流'，但屡次的失败使他的悲痛转变为愤怒，那些招魂术士没有满足他的意愿，于是他便决定报复他们。胡迪尼对这些江湖骗子毫不留情，揭穿了不少声称具有'通灵'能力的所谓灵媒。

"尽管如此，人们从来不知胡迪尼对通灵术的真实想法。有人声称，其实在内心深处，他坚信这些超自然现象的存在。并且，他在临终之际，曾与妻子约定一个暗号，说死后会从另一个世界传递信息给她。他的妻子贝丝·胡迪尼在1943年就去世了，人们也无从知晓，胡迪尼是否成功地穿越了那不可逾越的障碍……"

德鲁已经作完了阐释，他合上书，得意地看着在场的所有人。

"你们还不明白吗？"他问道。

阿瑟从扶手椅上起身回答道：

"明白什么？我承认，我的儿子与胡迪尼在性格上有些许相似之处，那又如何？警官，我看您是沉迷于心理学家的名号，凭空想出一些不存在的细节！"

德鲁对之报以微笑，他在壁炉前走了几步，然后停下来注视着火炉。

"在性格上有些许相似之处……"他柔声说，"我花了整整三天时间采访亨利身边的人，包括他的朋友、家人……我们聊到了他的童年，他的性格……在这三天里，我掌握了不少信息！"

他的微笑逐渐消失，颤抖的声音变得严肃起来，"我想我可以说，我对亨利的了解程度，不比在座的任何人逊色！但是这没什么好奇怪的，我就是干这一行的……"他一本正经地说，"一切……都可以在心理学里找到解释！那么，我再跟你们捋一遍他们的相似之处：两人都是早产儿，这件事本身没有什么值得奇怪的。我再接着往下说，他们小的时候都喜欢变戏法逗同学开心，热衷于打开所有被上了锁的门，而且两人都经常去逛马戏团。这两个孩子都有同样的愿望，那就是让人们为之惊叹，为之赞赏，无时无刻不想成为所有目光的焦点！现在你们明白了吗？他们都是极度以自我为中心，极度高傲的人。"

我刚想插话，阿瑟·怀特先开了口：

"警官，您言过其实了，真的，这太夸张了。而且，从某种角度上来说，这是所有艺术家的共性……"

此言确实不假，德鲁有些恼怒，他突然转身抓起书，翻出里面的一张照片，然后趾高气扬地展示给众人。

他宣称："你们仔细看看这张照片！这就是哈里·胡迪尼的样貌！难道这张脸没有让你们想起在场的某个人吗？"

确实，亨利与胡迪尼在长相上也颇为相似，这点毋庸置疑：同样的宽脸，同样的中分发型，同样的眼神，同样矮壮的身形……但是，我们也许能找到成千上万个同样长相类型的人！

亨利一字不漏地听完了警官的分析，他贪婪地盯着那张照片看了许久，像是着了迷。除了他，其他人似乎都没有对这张照片表现出太多兴趣。

突然，阿瑟干笑起来，这笑声听起来有些勉强：

"这简直太离谱了，警官！如果您是在开玩笑，那这个玩笑也太没有品位了。我很惊讶，像您这样高贵的人，竟然沦落至——"

"怀特先生。"德鲁两眼放光，冷冷地打断他。他脸上带着讥讽的笑容，令人肉麻地继续说："怀特先生……或者我该称呼您为韦斯先生？"

阿瑟脸色大变，从扶手椅上跳了起来。他结结巴巴地说：

"怎么会……您怎么会……"

"我只是作了些功课而已，我对涉案人员都作了深入研究。所以，我知道您的祖籍是匈牙利，您是在布达佩斯出生的，您其实姓韦斯……您在二十岁的时候来到英国，随即把本姓翻译为英语中的怀特……这些都是事实吧？"

阿瑟用几乎听不见的声音说了句："是。"

"我们还进行了更加深入的调查，但是没有别的收获。您是位孤儿，这便是我们能打探到的所有消息。请允许我再次提醒你们胡迪尼的真实姓名——艾里希·韦斯，他似乎也是在布达佩斯出生的……"

"警官，"阿瑟声音颤抖，一脸慌乱地说，"韦斯是个很常见的姓，我是个孤儿，并不认识自己的父母，更加没有任何亲戚，这些事并不能证明……我的老天！您到底是想证明什么？您是想说，亨利的身体里流着胡迪尼的血吗？就算是，那又怎样？我不明白这与您何干！"

"我马上就会说到了，"德鲁平静地说，"亨利到底是长得像胡迪尼，还是胡迪尼转世，这都不重要。"

"转世！"阿瑟怒吼道，"我的儿子是胡迪尼转世？警官，您真是太过分了——"

"父亲，"亨利打断道，"先听他怎么说吧。"

德鲁盯着亨利看了许久，然后继续说：

"小伙子，我们现在就要说到关键点上了：与胡迪尼一样……您非常喜欢您的母亲！这种喜爱远远超越了正常的儿子对母亲的爱。她去世以后，您就坠入了痛苦的深渊……与胡迪尼一样……您终日处于绝望之中，以泪洗面，没有任何事可以安抚您的心灵。有人甚至觉得，您曾想自杀……别急着否认，小伙子，我的消息很灵通。您的过度悲伤令整个村子的人十分震惊，这说明您的孝心已经有些极端……

"让我们回到三年前，按事情发生的时间顺序说起。1948年初，一场意外的悲剧夺走了怀特夫人的生命。我们方才提到，亨利就此陷入了无尽的悲伤。几星期之后，有传言说亨利和他的父亲经常发生争执。实际上，这根本不算传言，而是事实。随后，他们的争执变得越来越激烈，也越来越频繁。奇怪的是，似乎没人知道他们争执的原因。然后……11月末，怀特先生遭到了袭击，说是袭击，其实应该说是谋杀，因为怀特先生能够生还已经是一个奇迹……凶手分明想置他于死地！我们还注意到，亨利碰巧就在这时失踪了。"

德鲁快速地环顾众人，尖酸地补充道：

"你们难道还看不出来吗？"

没有人回应。

"很好，很好，那只能由我来画下这点睛之笔了。亨利不能接受母亲的死亡，他十分愤慨，所以他需要找到罪魁祸首。他的父亲没能控制住汽车，直接导致他深爱的母亲死于非命。所以，罪人就是他的父亲，他必须受到惩罚，不能被宽恕。他们每日都发生激烈争吵，亨利指责父亲是杀死母亲的凶手，终于有一天，他用一条铁棒敲破了父亲的脑袋。他以为父亲已经死了，于是就逃到朋友鲍勃·法尔那里去避难，并成功劝服他离开英国去往美国。一周之后，两人相约在帕丁顿火车站见面，一同离开英国。十分凑巧的是，人们在同一时间的不同地点见到了他们：一个在牛津火车站正准备乘坐火车去往伦敦，另一个在伦敦的帕丁顿火车站等待自己的同伴。因为两人长得十分相似，以至于大家都以为亨利学会了分身术！

"怀特先生声称在遭受袭击前，曾看见一个人影扛着一具尸体朝树林走去……他显然是为了包庇自己的儿子，所以才胡编乱造了这样一个故事。树林里没有发现任何尸体，这便足以证明我刚刚说的话。"

德鲁叉开双腿，双手叉腰，稳稳地站在我们面前，正在等待我们的评论。他身后的炉膛里，橘黄色的火苗在不停跳动，映出他消瘦的身影。我们看到了逆光中的一个剪影，红色的火光照亮了他讥讽的表情。

维克多依然不动声色，伊丽莎白则躲进了约翰的怀里。爱丽丝被吓得不能动弹，手指用力抓紧了帕特里克的双臂，后者显然与她一样害怕。阿瑟·怀特沮丧地瘫坐在扶手椅里，嘴唇不断嚅动着，想要反驳，却找不出任何言语。

我本以为亨利会气急败坏地扑向警官，然而他没有任何反应。我的朋友镇定自若，脸上看不出任何波动。此时，他开口说道：

"警官，您的推断十分精彩，但是请允许我提醒您，鲍勃·法尔是个美国人，事发之时，他显然在美国。我觉得，这一点应该不难证实……另外，我很讶异，您竟然没想到这一点……"

这话说到了德鲁的痛处，他脸色苍白，大声说道：

"那您如何解释，有人同时在牛津和伦敦两地看到了您？该死的，您倒是说啊！"

亨利低下头回答道：

"我又不是警察，我没什么好解释的。"

"我就知道，小伙子……您这是在虚张声势。现在让我们再回到鲍勃·法尔的谋杀案。这桩案件的所有离奇线索都指向了您，您是唯一的嫌犯。除了您，还有谁能策划实施这样的谋杀案呢？

"所以您和朋友鲍勃·法尔开始在美国进行巡演。顺便说一句，你们的分身把戏与胡迪尼的精彩表演根本不能相提并论，因为你们只不过是利用替身欺骗观众。"

在警官方才的严重指控下，亨利表现得无动于衷，然而一旦有人蔑视他的魔术师才能，他就被击中了要害。亨利开始剧烈地颤抖起来。

"与此同时，您得知父亲依然活着，"德鲁尖酸刻薄地继续说，"所以您必须再次出手。您静静地酝酿着复仇计划，伙同您的搭档回到了英国。我不知道您最初的详细计划，但是我可以说出您的基本思路。"德鲁的手指突然恶狠狠地指向亨利："您想让人指控您的父亲谋杀了自己的儿子！所以，您就先下手杀死了鲍勃·法尔，人们肯定会把他错认为您——的确，所有人都落入了您的圈套，但怀特先生是个例外——然后，您会设法让您的父亲承担罪责。只是，事情的进展并未如您所料。

"我不知道您是如何劝服鲍勃·法尔的，但这无关紧要。事发前两天，你们趁着夜色，爬到了达内利先生家的房顶，作为杰出的杂技演员，此事对你们来说简直易如反掌。然后你们藏在谷仓里，为你们的罪行做好万全准备。您的归来不能引起任何人的察觉，所以您一直躲在门后，密切关注着人员往来和他们之间的对话，然后……您偶然听到了一段对话，得到了一些关键信息：达内利先生、您的父亲以及拉提梅夫妇将在被诅咒的房间里，进行招魂术的实验！这可是千载难逢的好机会！拉提梅先生将被关在一个被封印的房间，而您的父亲每隔半小时要去查看事情是否顺利。您马上就意识到这可以给您带来很大的便利，脑海里立刻萌生出一个邪恶的想法：除掉帕特里克·拉提梅，杀死鲍勃，然后把后者的尸体放在被封印的房间里。等到您的父亲上楼敲门而没有得到回应时，他肯定会想查看是否发生了意外。当他开门的时候，就会撕开蜡印……然后就会发现自己儿子的尸体！他将不可避免地因谋杀罪被逮捕，然后您就大仇得报了。

"这就是您的策略，剩下的就是实际操作问题了。您必须找到一个解决办法，而且要十分迅速。最终，您也想出了办法！只不过，一个小细节让您的计划全盘落空：当您的父亲敲门没有得到回应时，他下楼找来了其他人，并且当着他们的面解开了封印，然后他们一起发现了尸体。您的父亲不会被指控为凶手，而鲍勃的死也变成了一起灵异事件。

"但是，我们还是来看看，您是如何完成这样的壮举的。晚上九点的时候，所有人都在客厅里。而您呢，您和您的朋友正躲在阁楼的某个房间里。就在此时，您给了他致命一击，然后您把他的尸体留在原地，自己则悄悄地来到了一楼。当帕特里克·拉提梅走到衣帽架前时，您把他打晕了，然后把头缩在大衣领子里，脸藏在毛毡帽下，去与其他人会合。随后门就被封印住了。等您确认其他人都走了，就马上拿出一瓶红色液体，洒在大衣上，然后又装上了一把道具刀。别忘了，您可是表演魔术的专业演员，这样的道具对您来说就是信手拈来。然后，您脸朝下躺在地上，双手交叉放在胸前，只露出一只手，这是个非常重要的细节，你们一会儿就知道了。

"我完全可以想象，您警觉窥伺的样子。楼道里先是传来了您父亲的脚步声，您听到他用手指敲门的声音，片刻沉寂之后，又听到他走远的脚步声。接着，传来了更多人的脚步声，门被打开了。您躺在地上装死，背上还放着一把道具刀，而隔壁房间里，则躺着那具真正的尸体，也就是您的朋友鲍勃。"

德鲁停了下来，从口袋里掏出一个小橡胶球。他满意地看了看这个球，然后展示给众人，接着郑重宣布：

"就在此时，这个小球就派上用场了。但是，我认为还有必要解释几个细节。"他不怀好意地补充道。他又拿起书，用手掌拍了拍书，继续说："我早就告诉过你们，这桩案件的所有细节，都能在这本书里找到解释。"

德鲁翻了几页，翻到他要找的那一页后，开始朗读起来：

行走江湖的魔术师常常一开场就会展示他们惊人的特异功能：他们可以用意念控制脉搏……首先，一位志愿者会握住魔术师的手，然后证实，魔术师的脉搏会在他的控制下，暂时停止跳动。这种表演一直是魔术师的拿手好戏，直到有一天，胡迪尼碰到某位江湖术士，对此提出了质疑，既然这位魔术师能如此轻松地用意念控制自己的脉搏，那么他是否能表演一个更加精彩的节目，随心所欲地放慢或加速他的脉搏呢……这位江湖术士显然无法回答这个令人恼火的问题，只能狼狈地落荒而逃。从此以后，意念控制脉搏的把戏就再也上不了厅堂，观众们事后才知道，短暂的脉搏停顿是人人都可以获得的能力，只要在腋下夹住一个橡胶小球，施加压力的时候，就可以在几秒钟的时间内减缓大动脉的血流速度……

德鲁的脸色变得严峻起来。他放慢了说话的速度，语气变得更加郑重：

"我想，你们现在应该都明白了事情的经过。你们何以得知躺在地上的人已经死了呢？是怀特先生去摸了他的脉搏，确认已经不再跳动了……关键就在于，那具所谓的尸体在腋下夹着一个橡胶球！只是一个小橡胶球而已，就这么简单！

"接下来的事就很容易猜了。人群受到了惊吓，目击惨剧的人们都回到客厅去报警。没人想到要去其他的房间里检查一下，更没人想到应该把尸体看住。犯罪现场已经畅通无阻，凶手站了起来，走到隔壁房间找到鲍勃的尸体，把尸体拖到刚刚他躺下的地方。他以为，自己的计划就算大功告成了……"

德鲁对于自己的演说感到非常满意，觉得自己非常高明。他死死盯着我们，期待着我们的反应。接下来，他示意两位同伴过来，这两人从始至终都没有离开过大门口。然后他对亨利说：

"小伙子，我建议您还是认罪吧，这是为了您好。我无法承诺您什么，但是法官肯定会考虑到——"

"警官！"阿瑟起身怒吼道，"您简直是丧心病狂了！您的指控令人发指，都是基于一些不实的依据。我把脉的时候，那个人确实已经死了！他的手腕是冰冷的！我做了好几年医生，好歹还是有能力分清尸体和活人的！至于您的心理分析，警官……我可以向您保证，我们会在法庭相见……您会收到通知的！您的指控是在侮辱我们全家……现在请您出去！"

他蛮横地指着门口。

"父亲，"亨利插话道，"不要生气，他只是在履行自己的职责。"

德鲁目瞪口呆，不敢相信自己的耳朵。他错愕地盯着亨利：就在刚刚，他指控亨利为可怕的杀人凶手，而亨利居然在为自己辩护。

"警官，"亨利沉着地说，"您的推理十分精彩，我向您表示祝贺。我的确会熟练使用橡胶球……而且，我还曾在詹姆斯面前表演过这个戏法。"亨利狡黠地朝我眨了下眼睛，"没错，警官，您的推理聪明绝顶，甚至颇具新意，"亨利直面德鲁的双眼，"我知道，您认为我就是杀害鲍勃的凶手！不，鲍勃是我的好朋友，我绝不会伤害他……"

亨利继续说道："而且，他遇害的时候，我还在美国，当时我正在参加一场演艺界的聚会。那里有很多熟悉我们的人，也能够分清鲍勃和我……我可以把联系方式给您,您会发现,起码有二十几个人可以证明我出席了这场聚会。而且,第二天上午,我还见了市长——"

"很好,小伙子,"德鲁打断了他,似乎又打起了精神,"我会去查证的,您可以放心。"

说完这番话,德鲁已经绝望得不知所措。为了挽回颜面,他冷冷地向众人道别,然后身形僵硬地离开了现场。两位同行的警察也尾随他而去,再难保持英国警察不动声色的神情。他们的上司颜面尽失,而作为惩罚,他们也将不得不忍受警官的高傲和蔑视。

5
无解的案件

三天之后,德鲁警官再次造访怀特一家,向他们表达了最由衷的歉意。亨利洗清了一切嫌疑:好几个有头有脸的证人都证实了他确实不在犯罪现场,他在案发之后第二天早上才离开美国。在飞往英国的航班上,有些乘客还清楚地记得他们撞见的精彩魔术表演。人们在牛津和伦敦火车站同时看到亨利的时候,鲍勃·法尔也不在英国。这位美国人当时正躺在华盛顿某家医院的病床上,因为前一天他刚接受了阑尾切除手术。

整桩案件又变得扑朔迷离。鲍勃·法尔是个忠厚老实的人,心思简单,为人热情,没有家人,也没什么财产,所以完全找不出任何谋杀他的理由。调查显示,他是在遇害前一星期来到英国,这也是他第一次踏足英国国土。他在牛津的一家医院待了四天,然后就不知所终。

除了亨利，他的死并没有给我们带来过多的触动，因为这里没有人认识他，但是大家的心情都很低落。有些人觉得，维克多·达内利家的房子里有一只嗜血的鬼魂，还有人觉得，有个危险的疯子正在附近游荡。村里的人都陷入了恐慌，夜幕降临的时候，大家都闭门不出，手边还放着武器。拉提梅夫妇被吓得魂飞魄散，宣布他们即将离开。爱丽丝已经如同行尸，有一天晚上她精神极度崩溃，帕特里克不得不叫来了急诊医生。

12月1日，星期六，距离鲍勃·法尔遇害已经过去了两星期。当晚，我的父母不在家，于是我邀请亨利和约翰来我家喝一杯。

"约翰，你那温柔的另一半今晚恩准你出来了吗？"

约翰看着酒杯里的酒，脸上泛起微笑，回答道：

"我被允许待到晚上九点，不过你们放心，万一我晚归，伊丽莎白也不敢独自一人来这里找我⋯⋯"

我们举杯向伊丽莎白致敬，感谢她破例的慷慨。

客厅的挂钟敲响了九点半钟，约翰看了看钟盘。

"我觉得，"他戏谑地说，"马上我们就会听到电话铃声响起了。"

亨利的脸上泛起微笑。诚然，朋友鲍勃的死让他大受打击，但是这几天他已经重新振作起来，他看起来十分平静，也很放松。

"这白兰地太好喝了，"约翰郑重地说，"真可惜，瓶子就要见底了——"

我单刀直入地打断道：

"可是，亨利，你是不是还欠我们一些解释……"

我们喝着白兰地助兴，氛围十分愉快，三人都很高兴。约翰的老婆不在身边，一身轻松自在，亨利则几乎变回了从前我们认识的那个他。是时候澄清一些事情了。

"三年前我在牛津火车站看到的那个人真的是你吗？如果是，那拉提梅夫妇在伦敦看到的分身又是谁？现在我们知道那不是鲍勃·法尔了。"

我把剩下的白兰地都倒给了亨利，他正要开口说话。

"很快，"他思考良久终于说，"很快……我就会解释给你们听的。"

"难道你有一个孪生兄弟？"

"或者是鲍勃有个孪生兄弟！"约翰插话道，非常得意于自己的发现。

亨利嘲讽地笑了笑，摇头表示否定。

"你们完全没猜到点上。不过我很惊讶，竟然没有一个人能解释这个小秘密，其实答案显而易见……"

大家都陷入了沉默。

约翰点燃一支烟，一副若有所思的样子：

"小秘密，小秘密……还有脚步声的小秘密，你还记得吗？以及你父亲遇袭的秘密……不要谈论鲍勃的事了，这不重要，根本不值一提……一个人在密室里被谋杀……不，真的没什么好谈的……"约翰停顿片刻,然后继续说:"亨利,我并不确定,但是我感觉你好像知道谁是这些小秘密的始作俑者,你好像认识……那个凶手。"

亨利盯着约翰看了许久,眼睛里闪烁着不同寻常的光芒。

"是的,"他承认道,"我确实认识他。"

"但是亨利,"约翰大声说,"你应该……你应该报警……我是说……如果你确定……凶手依然逍遥法外,他有可能会继续下手……"

亨利喝了一口白兰地,用舌头舔了舔嘴唇。

"不会,我觉得他不会再出手了。"他的声音低得几乎听不到。

亨利是个身手敏捷的魔术师,但他没有占卜能力。他无法预知,一小时之后,可怕的悲剧即将发生。

电话突然铃声大作。

"你们别动!"约翰站起来说,"一定是伊丽莎白打电话来命令我回家了。"

他三步并作两步,朝通往门厅的大门走去。等他走出客厅,我问亨利:

"拉提梅夫妇已经走了吗?"

"好像是昨晚走的……"

"奇怪……他们竟然没来跟我们道别……"

"今天早上维克多来我们家坐了一会儿,告诉了我们这个消息。他们本来打算今天走，昨天白天打包好了行李。但是，今天早上维克多起床的时候，他们就已经溜走了……当然，连车带箱子全都不见了。维克多怒不可遏地说：'简直莫名其妙！他们昨天连夜走的，连个招呼都不跟我打！我还以为他们是体面人！'"

"他们应该是半夜走的，"我说，"我那个点睡不着，听到了汽车的声音。"

"我也是。"亨利低头确认道。

"可这也太奇怪了。没错，爱丽丝变得有些神经兮兮，但是像这样在半夜不辞而别……"

约翰回来大声宣布：

"半小时！我进行了艰难的谈判，续上了半小时。"

"你倒是善于跟女人周旋。"我嘲讽地说。

约翰似乎没有意识到我的讽刺。他朝我们走过来，却在窗边停下，拉开了窗帘。

"现在不下雪了，雪已经积了至少十公分……朋友们，多美的景色啊，月亮挂在漆黑的天上，大地穿上了洁白无瑕的大衣……"

亨利把空酒杯摆在桌上，用力清了清嗓子：

"约翰，下雪天对我有很奇怪的影响，我总是觉得嗓子发干。"

白兰地已经见底，可耻地当了逃兵，于是我们打上了苏格兰威士忌的主意，准备继续战斗。我从父亲的酒柜里偷来一瓶上好的威士忌。看到好酒，大家都来了兴致，我们纷纷举杯，向这茫茫白雪和大地的银装致敬。

过了一会儿，我们开始唱起了生日快乐歌，没什么特别的理由，只是为了助兴。挂钟突然鸣响，电话铃声在第十次钟声时又响了起来。

"亨利，你去接吧。如果还是伊丽莎白，就告诉她我已经离开了。"

亨利微笑着答应，走了出去。

几分钟之后，他两眼放光地再次出现在客厅。

"是谁打来的？"

"是您的未婚妻，史蒂文斯先生。"

约翰大吃一惊，钦佩地看着我。他起身来握住我的手，热情洋溢地说：

"恭喜恭喜，詹姆斯，我都不知道……"

"可是，"我结结巴巴地说，"我没有……"

"她跟我说她晚点过来，詹姆斯，"亨利信誓旦旦地说，"她叫你不要担心，她的夫君缠住了她，所以她才……"

"我的老天！还是个有夫之妇！"约翰瞪大了双眼惊叹道，"好家伙！如果这事让贝蒂知道的话……"

亨利走到壁炉边，出神地看着炉火。我看着他的背影，看出他正在偷笑。我应该是昏了头，才没有立刻看出他是在骗我们。

约翰已经明白过来，他笑弯了腰：

"我就说嘛，嘿嘿嘿！我就知道，哈哈哈！"

"抱歉，詹姆斯，"亨利转过身，谨慎地对我说，"刚刚有人打错了电话，我没忍住跟你开个玩笑，你得承认，这没有恶意。"

然后，他又继续凝视着火苗。

约翰笑得上气不接下气：

"未婚妻！哈哈哈！真的假的？噢！我受不了了，这太搞笑了！"

"怎么了？"我恼火地抗议道，"为什么我不能有未婚妻？"

"当然可以，詹姆斯，当然可以。"约翰笑得连话都说不连贯了。

他只好善意地拍了拍我的肩膀，这让我更加火冒三丈。最后我自己也忍不住笑了起来，并向他们提议举杯致敬那所谓的未婚妻，他们毫不犹豫地照做了。

时钟敲响了十点一刻。

"天哪！"约翰惊叹道，"我得赶紧走了。"

"差不了这十分钟，她还能吃了你不成？再喝一杯吧！"

"不，不！感谢今晚的招待，詹姆斯……再见，亨利。"

约翰一溜烟走掉了。亨利若有所思地看着在约翰身后合上的大门，突然用拳头拍着掌心激动地说：

"詹姆斯，我们来下一局象棋吧？"

亨利是个可怕的对手，我很少能在棋盘上赢他，但是这天晚上，我下定决心要好好地教训他一次。

棋局持续到十点三刻才结束，威士忌的瓶子也见了底。亨利听到我冷静地说出"将军！我赢了！"，他表面上无动于衷，但我能感觉到他内心的翻腾，正如同他也能察觉到我内心的窃喜。

"想再扳回一局吗？"我漫不经心地问。

亨利看了一眼空酒瓶，向我提议：

"我们可别把你父亲的酒柜清空了，要不去我家继续下吧？"

"你说了算，听你的。"

亨利皱起眉头：

"父亲可能已经睡了……我可以打个电话吗？"

"当然。"

亨利朝门厅走去。

"奇怪。"他回来的时候说道。

"你父亲没接电话吗？"

"我打了好几次……一开始电话占线，然后铃声正常，但是没人接电话。"

"这说不通啊！肯定是线路故障了。"

"也许吧。"亨利说道，看起来十分担心。

我的脊梁骨泛起一阵凉意。整晚的愉快气氛此时已经消失殆尽。

"要不我们去看一看吧？"我问道，"反正你还有大仇未报呢！"

"大仇未报？……啊！对，大仇未报，你说的是下象棋。好的，那我们走吧。"

亨利显然有些心不在焉，他紧张地点燃了一支香烟。帮我清理完酒杯和烟灰缸后，亨利和我都套上了大衣。我们出门的时候，时钟敲响了第十一次。

刚跨出门槛，一阵刺骨的寒意就向我们袭来。月亮又圆又亮，星辉相形见绌。月光照亮了银装素裹的大地，厚厚的积雪吞没了所有声音。

亨利茫然地环顾四周，然后抬起头。他抓住我的手臂，阴沉地说道：

"詹姆斯，月亮是红色的……"

我被他的声音和想法震惊到了，仔细地盯着他。

"亨利，你怎么了？"

"血红的月亮……"

"你在说什么呢？月亮分明像个银盘。"

"好吧……那就是吧……它让我害怕……"

"让你害怕？"

"是的，"他的声音重新变得坚定，"满月的引力是很危险的……尤其是对体虚多病的人来说，还有疯子……杀人犯！我在想我是不是弄错了，杀手也许还会继续下手……"

我们惊恐地四目相对，想到了一起：阿瑟刚才没有接电话！

两人的脚步在雪地里发出吱吱嘎嘎的声音，划破了雪夜的寂静。一瞬间，我的眼前又浮现出童年时幸福的冬天。那时我们常常穿着雪地靴在雪地里快乐地穿行。昔日的雪花和我们无忧无虑的童年都去哪里了呢？这天晚上，邪恶再次在我们的身边游荡……

我们快到的时候，突然从左边冒出一个人影，原来是维克多！

"达内利先生！"我大声喊道，"这么冷的天，您怎么穿了件睡衣就出门了？"

他在睡衣外面套了件大衣，却没来得及扣上，看起来大惊失色。

"凶手！"他的声音颤抖着，手指向怀特家的方向，"凶手又杀人了……阿瑟几分钟之前给我打了电话……有人朝他开枪了！我感觉他被伤得很重……我已经通知了医生和警察。"

我们快马加鞭，急忙赶往阿瑟家。

走到门前的栅栏时，我做了个手势，示意同伴们停下脚步：

"我们都提高警惕！杀手有可能还在屋子里……你们看！这里没有任何脚印！"

门口的台阶和周围的小路都被新雪所覆盖，而且，从我家里出来以后，我们一路上都没有发现任何脚印，我们是第一批在这片雪地上行走的人。

亨利阴沉着脸走到大门口，按响了门铃。没等人回答，他从口袋里掏出钥匙，插进锁眼里。我们闯进门厅，亨利开了灯，所有人的目光都集中在不远处的地板上，那里有一摊深色的污渍。

"父亲！"亨利喊道。

屋子里一片寂静。

"达内利先生,您守在门边,"我命令道,"也许杀手会从这里逃走,保险起见……"

"明白,明白。"维克多被吓得脸色铁青,结结巴巴地说。

亨利朝父亲的卧室走去。在我们进门,亨利打开灯之前,我瞥见客厅方向传来一丝微弱的光线,于是我朝客厅走去。

门是敞开的,窗边的小台灯亮着,我确实没有看错。我按下了电灯开关,在吊灯的灯光下,我默默地检查了整个客厅,地板和地毯上有斑斑血迹……我走到电话机旁,话筒是挂好的。四处都是血迹……

亨利突然出现在客厅:

"他的床上有血迹……地上有把猎枪……但是父亲不在那里!其他房间我也查看过了……"

他突然顿住,指向一把扶手椅,眼睛瞪得又大又圆:有几缕头发从椅背上方露了出来。

我喉头一紧,急忙走近扶手椅:阿瑟就穿着睡衣躺在那里,他斜靠在椅背上,左耳已经血肉模糊,嘴唇……他的嘴唇还在嚅动!

"亨利!他还活着!"

"父亲!我们来了!求求你,不要动……我们来救你了,医生马上就到。"

凌晨三点。

德鲁筋疲力尽地坐在电话机旁的椅子上，一支接一支地抽着烟。他捋了捋头发，深吸一口气，然后大声说：

"再来一次，我们再重新捋一遍……除此以外，暂时我们什么也做不了。达内利先生，大概十点三刻的时候，您的邻居给您打了个电话。您可以跟我们复述一遍他跟您说的话吗？"

"我记得，他好像是这么说的：'凶手……啊！我的头……我听到了一些声响……然后就被吵醒了……一个影子……开了一枪……我好痛苦，维克多……快来……我就要死了，快点，快点……'"

"与此同时，"亨利用几乎窒息的声音说道，"我也给父亲打了电话……显然，电话正占线。我马上又打了一次，但是没人接电话……老天爷啊，让他活过来吧！"

"事情的经过很容易还原，"德鲁说道，"杀手在怀特先生睡觉时袭击了他，对着他的头部开了一枪。子弹射中了他的耳朵，我们还没来得及比对怀特先生的指纹和在猎枪上发现的指纹，但我几乎可以肯定，凶手一定是趁怀特先生睡觉时，把武器放在了他的手里，想造成他自杀的假象。别忘了，凶手用的是受害者的猎枪，我认为这一切已经很清晰了。"

"自从鲍勃·法尔的谋杀案后，"亨利接过了话茬，"父亲一直在床头放着一把猎枪。看来，凶手知道这件事……"

"那么知晓这件事的人都有谁呢？"德鲁马上问道。

"我还是不回答的好，"亨利尴尬地说，"不然好像是在指控别人……"

"我知道这件事。"维克多·达内利坚定地说。

"我也知道，"我承认道，"但肯定不只我们……我父母、我妹妹、约翰、拉提梅夫妇，还有其他人……他们都知道。"

"无论如何，也算是划定了一个嫌犯的范围，"德鲁宣称，"凶手布置好自杀的假象后，就离开了现场……"

"可是，警官，"我大声说，"这是不可能的！他没有留下脚印……"

德鲁严肃地瞪了我一眼，我赶紧闭上了嘴巴。

"但是怀特先生还没有丧命，"他继续说道，"尽管他伤得很重，但还是走到了客厅，给达内利先生打了电话。当时已经十点三刻。之后，他挣扎着走到扶手椅那边。没错，事情的经过就是这样，地上的血迹也十分清晰地表明了他的路线。"德鲁停顿片刻，继续说："一切都十分明了，但还有一个奇怪的小细节——凶手去了哪里！我们已经把整座房子搜查了两遍，什么都没有找到！我们还知道，雪是在大概晚上九点钟的时候停下的，而怀特先生是在这之后受伤的，法医对此十分肯定。然而，房子周围的积雪上没有找到任何脚印……当然，除了你们在大门处留下的脚印。"

"通向花园的后门当时是半掩着的。"亨利提醒道。

"那又如何！"德鲁发怒了，"你们也看到了，外面的雪地

145

上连个鬼影子都没有！不过，我的人还没结束搜索，我们找来了强光手电筒，也许——"

此时，一位警员突然闯进客厅：

"警官，没有找到……外面什么都没有，简直无法理解。除了我们和这几位先生在门口台阶留下的脚印，其他什么都没有——新雪没有被踩过！房子周围、窗台、房顶，都没有任何痕迹——我觉得我们可以停止搜索了。"

"不行！"德鲁大声吼道，"再把房子给我从上到下彻底搜查一遍！杀手肯定是藏在什么地方！"

警员只好答应，然后退了出去。德鲁警官撇了撇单薄的嘴唇，露出魔鬼般的冷笑：

"相信我，等我抓到这个畜生，一定会将他碎尸万段。你们放心，我一定会揭穿他的真面目。我的职业生涯还从来没有遭遇过失败，这一次也不会例外……"

"我要是您，就不会把话说得这么满。"维克多说，"一切迹象似乎都在表明，这是鬼魂在作怪。先是美国人死在了密室里……现在又来了一个踏雪无痕的罪犯，就好像他不受地心引力约束一般！鬼魂是确实存在的，每次我说起这件事的时候，人们就会对我报以同情的微笑。我很清楚他们都在背后嘲笑我。除了阿瑟和拉提梅夫妇……"

"拉提梅夫妇昨晚已经走了。"我提醒道。

"他们走的时候连个招呼都没打，"维克多悲叹道，"这未免有些奇怪，我与他们交情不算浅，而且平日里他们也很友善……"

德鲁惊讶地挑起眉头：

"拉提梅夫妇已经走了？什么意思？他们去哪里了？"

"我毫无头绪。"维克多垂头丧气地回答。

"可他们为什么走呢？"

"自从那个美国人死在阁楼里后，爱丽丝·拉提梅就像变了个人——她经常情绪崩溃。我想她肯定是被吓到了。最终，他们还是决定离开这里。他们原本计划今天走，不对，是昨天，"他看了看时间，继续说，"但是，他们前天晚上就走了，没有通知任何人……"

"奇怪，奇怪，"德鲁眯起双眼说，"这事太奇怪了，我要发一条寻人启事。不过我觉得，这两人就在不远的地方。甚至几小时前，他们其中的一个人就在此地……"

德鲁把手伸向电话机，但是电话铃突然响了起来，他的手在空中停留了片刻，然后他打起精神，摘下了话筒：

"我是德鲁警官，请说。"

时间一秒一秒地流逝，德鲁的脸色渐渐变得阴沉。他挂掉电话，点燃一支烟，紧张地吸了好几口，然后从鼻子里吐出了烟圈。他用手扶住额头，低头说：

"怀特先生刚刚走了……如果能早半小时，也许还有救，但即便救活了也会有严重的后遗症，所以……"

亨利双手掩面走出客厅，维克多跟了上去。

客厅里一片寂静。德鲁掐灭了烟头，焦躁地搓着手：

"您朋友遭遇的事实在太可怕了，"德鲁激动地对我说，"而我还指控他，说他策划阴谋诡计要害死自己的父亲……现在，他真的失去了父亲。我真是太荒唐了，还把他和胡迪尼作比较，研究他们的性格，作心理分析，并且从中得出了荒谬的结论……是的，小伙子，我得向你承认，我对自己的所作所为感到羞愧。"

他应该是受到了极大的触动，因为他不是那种随随便便就对人掏心掏肺的人。我也为他感到十分难过。

"我刚才和医生谈过，"他继续说，"他跟我确认，怀特先生中弹的时间最早不超过九点三刻，最晚不超过十点半。子弹打进了头腔，就是从左耳后面打进去的，并且还把左耳射下来了。如果我们再早一点得到通知，他也许还能生还。这该死的雪，也严重拖延了送往医院的时间。"他脸上的悲伤逐渐褪去，换上了嘲讽的微笑："凶手依然逍遥法外，但是他的好日子就要到头了！"

他摘下话筒，拨了个号码，然后对我道了晚安。我知道，现在可以离开了。我走出客厅，关门的时候听到他正在说：

"寻人启事……爱丽丝……帕特里克·拉提梅……金发……穿着精致……大概四十岁……"

6

那么……会是谁呢？

  维克多通知了我的父母，他们在等着我回去。我到家的时候，他们都被吓坏了，所以没有对我提出太多问题。我来到自己的房间，躲进了被窝，心神却依然无法安定。回想起最近的这些事件，它们如此荒谬，又如此可怕。先是鲍勃·法尔被人杀害，现在又是阿瑟·怀特。这两人没有任何共同之处，也没有任何联系，除了亨利。父亲死后，亨利将得到一笔十分可观的遗产，但是他不可能杀死他的搭档和父亲：鲍勃·法尔被害时，他正在美国，而阿瑟·怀特在晚上十点左右被害时，他与我还有约翰在一起，一切证据都表明这是不可能的事。约翰是在晚上十点一刻的时候离开……约翰？不可能！不！不可能是他！况且他没有任何动机。莫非……他一直在嫉妒亨利？这些谋杀案都明晃晃地指向亨利，我开始在想，是不是有人在策划一局大棋，想置亨利于水火之中。

让我们来看看，在这两桩谋杀案中，谁没有不在场证明：约翰……伊丽莎白……他们没有任何理由被排除嫌疑；还有帕特里克！此人现在已经失踪！拉提梅一家如此匆忙地趁夜离开，怎么说都有些嫌疑。德鲁也在凌晨三点半发布寻人启事，毫不避讳地公开了对他们的怀疑。但是，凶手可能还有共犯！所以，也不能排除亨利、爱丽丝和维克多。唉！这些猜测对于理解作案手法毫无帮助。可恶的凶手似乎有穿墙走壁、飞天遁地的特异功能。整个故事十分荒谬，荒谬透顶。还有，这一系列荒谬事件是从什么时候开始的？从达内利夫人的离奇自杀，从那些脚步声，还是从昏迷的爱丽丝传递达内利夫人的消息时开始的呢？

这桩案件当中还有另一个疑点：没有任何人听到令阿瑟毙命的那声枪响。维克多睡得很死，他没有听到是不足为奇的，但是亨利、约翰和我，我们肯定会听到一些声响！没错，我们喝得是有点多，但是还不至于醉到两耳轰鸣！

这些无解的问题在我可怜的脑袋里翻滚着，恣意地盘根交错。我试图理清思绪，然而徒劳，理智敌不过非理性情绪。然后，睡眠就阴险地侵袭而来……

送葬队伍缓缓地朝墓地走去——悲痛而沉闷的丧钟鸣着乏力的调子，所有人身披黑纱，四个脸色惨白的男人抬着棺材，他们身后是穿着丧服的男女老少。我看到了亨利、维克多、约翰、伊丽莎白、帕特里克、爱丽丝，还有我自己！……无数乡间乌鸦在悲伤的送葬队伍上方盘旋。突然，它们毫无缘由地惊慌失措，拼命地拍打着翅膀，发出刺耳的叫声，狂乱地散开了。云层中突然出现了一个暗影，是老鹰，还是幽灵？……一个两眼放着怒火的女人，她衣衫褴褛，在空中盘旋了一阵后，突然扑向凄惨的送葬队伍，她伸出一只手，手指指向队伍里的一个人，像是在指控……

第二天，父亲在中午之前叫醒我，提醒我有朋友来访。我匆忙地洗漱一番，想从这宿醉的味道中醒过来，也为了摆脱昨夜的噩梦。我必须面对现实，尽管现实也好不到哪里去。然后，我就来到了客厅。

亨利坐在客厅扶手椅里，他起身向我走来。我们一言不发，只是紧紧地握了握手。

他穿着深色的衣服，脸色苍白，眼神悲伤，但看起来似乎很平静。他已经不再是那个在丧母后连哭好几星期的小男孩，而成了一个男人，在悲痛面前坚定不移，勇敢地直面考验。

他现在只剩下我了，我是他永远的朋友，可以说跟亲兄弟一样。我们从小一起长大，在学校里共坐一张长椅，一起玩耍，一起犯傻，一起吃零食。他的眼神深情而又充满依赖，清晰明白地告诉我：我就是他的家人，他唯一的家人。

父亲清了清嗓子，想掩饰他的激动：

"詹姆斯，亨利会在我们家住几天。他就住在伊丽莎白原来的房间吧。我们得把你妹妹不再穿的衣服放到谷仓里去,堆在房间里也是占地方。我早就跟她说过让她拿走了!"

我高兴地同意了。为了避免过多的感情流露,父亲愉快地问:

"孩子们,要来一杯白兰地吗?不回答吗?不回答就是默认了!"

他打开了酒柜,谁都没有说话。父亲先打破了沉默:

"天哪!白兰地瓶子已经空了!那我们只能将就喝点……见鬼!威士忌一滴都没有了!"

亨利看了看我,朝我微微一笑。他刚要开口说话,我赶紧示意他闭嘴。

父亲继续说:

"借口为了保护我的身体,我那亲爱的夫人已经从酒柜里拿走好几瓶酒……这次她竟然把酒都倒了!这种行为真是太可耻了,简直令人难以接受!她这是滥用权力,我这就去跟她理论,她竟做出这般恼人的行为!"

父亲走出了客厅,尽量维持着体面。

"你在这里等我一下。"我低声对亨利说。

我跑回自己的房间,拿出我私藏的一瓶威士忌(以防万一,我总是会备上一瓶),然后回到客厅。

"詹姆斯!"亨利惊叹道,"你难道要……"

"没错。"我边说边走到酒柜旁。

我用刚刚拿来的威士忌,把前一天晚上被我们喝完的两个酒瓶再灌满，然后我迅速跳到亨利身旁，把倒空的酒瓶藏在身后。

与此同时，大门突然大开，父亲紧紧地拽着母亲走了进来。母亲跟着她，一脸错愕。父亲打开酒柜门，愤怒地瞪着她，用一种我从没听过的语气大声呵斥道：

"是谁把白兰地和威士忌都倒了？"

母亲一脸疑惑，往酒柜看了一眼，然后盯着自己的丈夫看了许久，眼神越来越惊慌。

"爱德华，"她结结巴巴地说，"你该去看看眼科医生了……"

我用余光观察着亨利，他艰难地忍着笑意，看来我的目的达到了。

"眼科医生？"父亲一脸糊涂地回答说，"我？一个货真价实的史蒂文斯家族的人，我该去看眼科医生？要知道，我们家族里从来没有人戴过眼镜，任何眼镜都没戴过。甚至我那活到九十八岁的祖父，一辈子都没……可是亲爱的，为什么让我去看眼科医生，你是在暗示我的视力不行了吗？"

母亲沉默地从酒柜里拿出那两个酒瓶，放到他的眼皮子底下。父亲拿起酒瓶，稍微举起来，以便看得更清楚。他愣在那里，一脸困惑又难以置信。

母亲转过身对我们说：

"午饭已经准备好了，你们快来吃饭吧。"

走出客厅的时候，她又看了一眼自己的丈夫，后者依然出神地看着那两瓶酒。

吃饭的过程中，父亲不断抛出各种话题，尝试着活跃气氛。亨利一直保持着沉默。然而，等到喝咖啡的时候，我的朋友终于开了金口。父亲刚刚提到了他的一个叔叔，说这位叔叔认识胡迪尼。

"您的叔叔认识胡迪尼？"亨利惊叹道。

父亲惬意地吸了几口烟，若有所思地盯着天花板。

过了一会儿，他说："理查德是个记者，他移民去了美国，当时在芝加哥一家日报社工作——我记不清是哪一家了，这些事都太久远了。

"胡迪尼成功地完成了一次令人叹为观止的分身术表演，理查德负责对此进行报道，在这件事之后，两人就成了朋友。"

母亲和我都难以置信地看着父亲，他从来没跟我们说起过这位理查德叔叔。我怀疑他只是为了讨亨利欢心，编造了一个故事。

"我的叔叔理查德回到英国的时候，"显然，父亲对亨利高涨的热情感到十分满意，他继续说，"常常跟我提起胡迪尼。胡迪尼是个了不起的人！逃脱术之王！真是个奇才！"

亨利聚精会神地听着他说的话。

"而且，"父亲如痴如醉地微笑道，"他还十分幽默。我的叔叔每次跟我说起胡迪尼的趣事时，总是笑得直不起腰。听听看这个故事：有一次，胡迪尼受邀去一个俱乐部参加狗展，他请我的叔叔陪他一起去。于是，他们一起去参加了这次狗展。展会上都是一些上了年纪的富太太和千金小姐，她们骄傲地展示着自己漂亮的小宝贝。"

这一次,我可以肯定,这个故事是父亲刚刚编出来的。他就喜欢编这样的故事,这完全是他的风格。

"展览即将结束的时候,要放映一部电影,关于什么内容的电影我已经不记得了,这不重要。为了不打扰电影的放映,所有的狗都被关在单独的笼子里,然后被送到了一个房间。电影才刚刚开始,人们就听到了撕心裂肺的叫声,可这根本不像狗发出来的声音。实际上,那是一种猫科动物的叫声。我就不赘述当时的情景了,这些精心装扮、装束老气的阔太太,都惊慌失措地冲向出口,现场一片嘈杂,乱作一团,像是豹子进了鸡窝里!"

母亲再也受不了父亲的谎言,突然站了起来。

"亲爱的,你可以把白兰地酒拿过来。"父亲换了个语气,然后又对我和亨利说:"你们可以想象,当那些阔太太发现,每个笼子里装着的都是猫,她们心爱的小宝贝已经不翼而飞时,是何等的震惊。有人甚至昏倒过去,人们不得不叫来了救护车。

"理查德一直没弄明白,胡迪尼是如何成功地实施这个调包计的,因为他一直没有离开过展会。"

"胡迪尼肯定是有同伙作案。"亨利猜测道。

"同伙作案,"父亲若有所思地重复道,"四十多只狗被相同数量的猫所取代,只用了不到十分钟的时间!不知道你们有没有想过……"

母亲回到了饭桌前,她把三个酒杯和那瓶白兰地摆在了餐桌上。父亲给我们倒了酒，然后继续编起他的故事：

"但是这还没完！不久之后……"他拿起酒杯喝了一小口，润了润嘴唇，"第二出好戏又上演了：那些狗再次出现在笼子里，而猫全都消失不见了！这实在令人难以置信，但是事实！胡迪尼再次成功地调了包……"

父亲突然顿住，皱起了眉头。然后，他再次拿起酒杯，一饮而尽。一瞬间，我感觉他的眼睛就要从眼眶里掉出来。

"亲爱的，"他结结巴巴地说，"我觉得你说得对。快请医生……我应该病得不轻……刚刚我的眼睛出了毛病，而现在……我连白兰地和威士忌都分不清楚了！"

下午，我和亨利在旷野中散步。我们平静地在这片广袤的荒原上闲逛，白雪皑皑的大地亮得刺眼。虽然阳光灿烂，但干冷的空气还是让我们的脸感到刺痛。

"詹姆斯，"亨利沉默良久，开口说道，"你不该这么作弄你的父亲……更何况，是我们喝完了他的白兰地！"

"他那是活该……"

亨利朝我笑了笑：

"白兰地换威士忌，这是通过变戏法实现的……但是我很清楚，把狗变成猫的事情从来没发生过……这只不过是你父亲胡编乱造的罢了……"

"你也知道我父亲这个人，"我回答说，"他也许是某天遇见了一个曾与胡迪尼有些交情的记者,但是也就止于此了。我从来没听他说起过理查德叔叔。"

不过,我也得为父亲辩护几句,他已经达到了目的,所有这一切不过是为了帮亨利排忧,这才是最重要的。

"胡迪尼!"亨利一脸陶醉而兴奋地说,"真是个不同寻常的人!一个令人眼花缭乱的家伙!詹姆斯,你知道吗,那天警官带过来的关于胡迪尼的书,我后来看了好几遍,然后……"

"不过,你不怪他吗?那晚他可是给你冠上了很多可怕的罪名。"

"不,"亨利斩钉截铁地回答,"他只不过是在尽自己的职责罢了。而且,他很聪明……聪明绝顶。他对密室谋杀案的解释可以说十分精彩。当然,他没能掌握所有线索,不过从某种意义上来说,他距离真相已经不远了……"

"亨利!"我大惊失色地说,"难道是你……"

"当然不是,但我知道谋杀是如何实施的,而且是多亏了你,我才知道的。"

"多亏了我?"

"多亏了你的证词。你还记得你们第二次上到阁楼的时候,你有一种奇怪的印象吗?"

"一种奇怪的印象……对,我记得很清楚,但是我说不上来怎么个奇怪法。"

"你的眼睛千真万确地看到了……但是你的大脑拒绝相信看

157

到的信息。"

我大怒道：

"亨利！你不觉得是时候揭发凶手了吗？这个禽兽杀了你父亲！你再继续保持沉默就可能成为帮凶，这一系列的恐怖杀人案将会继续增加，而且……"

亨利严肃地看着我说：

"可你总该知道，凶手就在我们身边……"

我的背脊突然掠过一阵冰冷的寒意，眼里出现一层迷雾，接下来一些人脸在我面前掠过：约翰、伊丽莎白、维克多、爱丽丝、帕特里克……他们之中有一个是凶手。不，不可能是约翰，也不会是伊丽莎白，维克多也不可能，不可能是他们！那么……是拉提梅夫妇！

"亨利，"我在片刻之后说道，"德鲁警官强烈怀疑是拉提梅夫妇杀死了你的父亲……"

作为回应，我的朋友只是狠狠地摇了摇头，发出一声长叹。

回去的路上，两人都没怎么说话。不过，亨利对我说起了比例问题。

"比例？"我惊讶地问道，"什么比例？"

"没错，"他回答说，"比例。"他的眼里闪过一丝狡黠："你有奇怪的印象，是因为比例出了问题。"

我的大脑停止了运转，拒绝对这些毫无意义的话进行深思。我的心脏也许也停止了跳动，因为在那一刻，我对亨利的同情已经消失殆尽，反而只想当场掐死他！

当天下午，警察在达内利家周围忙得热火朝天。怒气冲天的德鲁坚持让手下像猎狗一样搜寻房子的每一个角落。

他们来到房子的后面时，我听到其中一名警员正骂骂咧咧。德鲁勃然大怒：

"你们这是站不稳了吗？谁给我派来这样的蠢货！"

"抱歉，警官，我的脚踩到了一个东西……在这么厚的雪地里，我们什么也看不见……哎？好像是个弹簧！"

"我要这个弹簧用来干什么？你们最好给我打起精神来！"

"我们亲爱的警官，永远如此优雅。"亨利嘲弄地说道。

我们听到了维克多的声音，他邀请快要被冻僵的警员们进屋喝热茶，德鲁同意了。"看在人道主义的分儿上。"他这样说道，与此同时却又在咒骂，因此而浪费了时间。不过能进屋暖和一下，他也并不拒绝。

四周又变得一片寂静，至少暂时平静了下来。

吃晚饭的时候，饭桌上一阵尴尬的沉默。我心里还在埋怨亨利，他声称自己知道答案，却不肯揭晓。我心知肚明，在这个悲伤的十二月的星期日，这个悲惨的故事还远远没有结束，我宁愿永远也不知道故事的结局。我坐在那里盯着自己的盘子，脑子里不停地在想着"比例"问题。父亲则低头艰难地咀嚼着，一副老态龙钟的样子，已经失去了他引以为豪的自信。出于同情，我向父亲解释了白兰地是如何消失的，又是如何变成了威士忌。

他一言不发，挺直了上身，恶狠狠地瞪着我。亨利忍住了笑意，母亲却笑得不能自已。父亲最不能忍受的，就是母亲的嘲笑。

他站起来，昂首挺胸地离开了餐厅。

"接下来的一星期，我们都得忍受他颐指气使的态度了。"母亲平静下来后说道。

然后，她意识到自己的失态，在悲剧发生的第二天，这么笑实在有些不合时宜。

"亨利，请见谅，"她换了个语气说，"我实在没忍住……"

"史蒂文斯夫人，"亨利感动地说，"我还没感谢您的热情招待呢。自从我母亲去世以后……"

他的声音哽住了，脸色逐渐阴郁。

此时，电话突然铃声大作。片刻之后，门开了一条缝，门外传来一句嘟囔：

"詹姆斯，是找你的……"

我冲向门厅，却只看到在父亲身后合上的门。看来，他比我想象的更加生气。

电话听筒被摘下来，放在了托桌上。我拿起听筒脱口而出：

"伊丽莎白，你是来打听消息的吗？"

听筒里并不是我妹妹的声音，而是德鲁警官，他冷冷地说：

"我是德鲁警官。"

"啊！警官！什么……"

"小伙子，你们可以过来一趟吗？您和您的朋友都过来。"

"好的，当然可以，但是要去哪里？"

"就在旁边，在达内利家……您的妹妹和妹夫都在……"

"明白，可是发生什么事了……"

"我有充足的理由相信……总之快过来吧，我会解释给你们听的……"

"好的，我们马上到。"

"最后，提醒你们一下：你们都要提高警惕！虽然我们已经确定了凶手的身份，但是他依然逍遥法外，所以，还是小心点……"

"好的。"我回答道。看到托桌上方的镜子里映出自己惊恐的脸，我被自己吓了一跳。

五分钟后，亨利和我朝维克多家的方向走去。

夜幕已经降临多时，硕大的雪花飘零而下。街边路灯发出惨淡的光芒，再加上这朦胧的雪，路人根本看不清周围的环境。

维克多家的房子成了一个威严的黑影，在眼前突然出现。屋顶的山字墙也逐渐显现，墙上积满了雪，像戴着一顶顶雪帽。

我哆哆嗦嗦地推开大门的栅栏。我们沿着篱笆小路，走到门口的台阶。

维克多来给我们开了门：

"快进来，把大衣给我吧……其他人都在二楼客厅。"

我们走进了门厅。维克多抱着我们的衣物，用充满悲伤的蓝眼睛看着亨利。

亨利垂下眼帘，深吸一口气说：

"没事，达内利先生，我能挺得过去……"

亨利走上楼梯，我也紧随其后，我们一起走进了客厅。壁炉里的火苗在噼啪作响，火炉周围散发出令人惬意的温暖。

这里的景象令我始料未及，甚至令我震惊不已。整间客厅里弥漫着一种变态的氛围。爱丽丝究竟在哪里搞来了这样的墙纸，贴满了墙壁和天花板？我不知道该怎么形容这墙纸，看起来就像是高级时装店里用来给外套做内衬的棉质或丝质黑色布料。正对门口的地方，有一张大得引人注目的沙发，上面套着醒目的红色天鹅绒沙发套，右边是壁炉和有着同款天鹅绒沙发套的扶手椅。在最里面的墙上是房间唯一的窗户，原本墙上有两扇窗户，但有一扇被挡住了。门的左边有一口小箱子，上面有一个银质老锁扣，锁扣上刻着繁复的装饰花纹。客厅的左边还有一张不可忽视的小圆桌，上面盖着一张黑色天鹅绒小桌布，桌布镶着银边，桌上还有一个同样显眼的水晶球，正发出闪烁的光芒。小圆桌的周围，摆着几把软垫椅子。窗帘是有着银色绦穗的黑色天鹅绒布，一条银边花穗束带把窗帘绑住。这一切再加上那配套的帷幕，整间客厅看起来简直像个殡仪馆。

客厅的天花板上有一个乳白色的圆形吸顶灯，发出淡淡的白色光芒，墙壁上还有几盏火炬形状的壁灯。这些暗淡光源营造出一种诡异的气氛，地板上血红色的地毯更是加深了这样的感觉。

但这个房间里最令人触目惊心的,还要数沙发上方的巨大画作——窗户就是被它挡住的。这很有可能是帕特里克的"杰作":深蓝的底色上,疯狂的笔触涂抹出大片黑色,一轮苍白的月亮,空中飘荡着模糊的人影、神秘的面具,还有做出乞求姿态的手。真是品位极差的"杰作"。

我还忘了说那两根假大理石柱子,就在摆放水晶球的小圆桌那里。

一个神志清楚的人怎么会被如此怪诞的装潢所欺骗?没错,可怜的维克多已经神志不清,他太老实了,根本不会怀疑这是欺诈,但是怀特先生竟然也会被骗?

伊丽莎白坐在离壁炉最近的沙发一角,蜷缩在身旁约翰的怀里。德鲁同往常一样,双手撑在壁炉旁放大衣的小桌子上,嘴上叼着一支香烟。

"你们终于来了,"他对我说,"史蒂文斯先生,您是不是也被这房间的装潢震惊到了?"

"确实。"我承认道。

"这就是他们施展招魂术的现场!"

"警官,不要嘲笑您不了解的事,"维克多虚弱地说,"我承认,拉提梅夫妇走得确实很匆忙,但是因此而指控他们……"

"匆忙,"德鲁冷笑道,"我看,事情远比这复杂。除了一些个人物品,他们的所有东西都原封不动地留在这里……下午我们花了很长时间搜索他们租住的这两层楼,达内利先生,我们找到好几样属于他们的贵重物品。更别说还有西装和礼服……我们必须接受现实，他们这是在仓皇逃命，不是不告而别。"

德鲁停顿片刻，我借机在约翰身旁的沙发上坐了下来。我做了个鬼脸，这奇怪的破沙发，坐起来一点也不舒服！我想起了他们原来的沙发，其实是个床架，帕特里克在床架上面放了几条打过蜡的木板，再放上床垫，就把它当作沙发来用了。没错，就是这样。他只是拿掉了那张破旧的床垫，换上了三个厚厚的坐垫，钉上一个红色天鹅绒椅背，还放了三个靠垫在上面。他们对沙发的改造还是不太到位。我跟伊丽莎白表达了我的看法，她更进一步地批评道：

"他们就喜欢搞一些夺人眼球、华而不实的东西，这就是他们的风格。"

德鲁严厉地看了我们一眼，示意我们安静，然后他继续说：

"他们已经失踪两天了，在刚刚过去的二十四小时，全国的警察都在积极地寻找他们。目前还没有任何消息，逃犯像是从人间蒸发了……但你们可以放心，我一定会把他们揪出来的！还有一件事，三年以来，也就是自从他们搬到这里以后，他们的银行存款余额暴涨。他们的经济来源十分明晰：爱丽丝·拉提梅利用她所谓的灵媒天赋，向顾客收取高额费用！而且，来咨询她的人络绎不绝！达内利先生，我说的对吗？"

"'所谓的灵媒天赋'！"维克多大怒道，"警官，您错了，拉提梅夫人确实拥有通灵能力……您要是亲眼见过她作法，就会相信这是真的了。她利用自己的才能，向人收取费用，这是再自然不过的事……"

"在来到这里之前，拉提梅夫妇就一直干着坑蒙拐骗的勾当，"德鲁反驳说，"他们使用了假名字，所以我们很难搜索到他们……我今天早上才得知这个消息……"

"您是说他们是江湖骗子！"伊丽莎白大吃一惊地喊道。

"没错。"

"噢，天哪，帕特里克！如此仪表堂堂的谦谦君子！"

约翰愤怒地瞪了她一眼，然后模仿妻子的语气说：

"噢，天哪，爱丽丝！如此美丽，如此……"

"够了！"伊丽莎白喝道，"你总是这么喜欢吃醋，这已经开始让我感到厌烦了。"

约翰立刻服软了。

"如果我想得没错，"亨利说，"您认为他们就是凶手？"

"没错，"德鲁坚定地说，"他们杀害了您的朋友和您的父亲。他们的仓皇出逃就是明证。"

"但是他们为什么要这么做？"我插话道，"而且，他们是怎么做到的？"

德鲁警官撇了撇单薄的嘴唇，挑起眉头，嘲讽地说：

"为什么？应该是受害者发现了他们的罪行……至于他们怎么做到的，我现在还没有完全弄明白。但是，你们放心，等抓到他们，我一定会让他们如实招供……

"关于怀特先生的谋杀案，我还可以向你们透露一些我的想法。目前我们所知道的是：凶杀案发生的时间是在晚上十点左右；雪是在晚上九点左右停的；房子周围的雪地上没有任何足迹，当然除了几个发现受害者的人的脚印；在我们到达的时候，凶手已经销声匿迹……虽然令人难以置信，这些线索都显示，凶手从房子里逃走了。

"你们还记得吗，通往花园的后门是开着的，距离后门五米远的地方，有一棵果树……稍远的地方，还有另外一棵……接下来又是一棵……它们接二连三地排列在一起。凶手只需提前准备绳子，把它系在门上，把它和树连在一起，一棵果树又连接到另一棵果树，以此类推，这样他逃走的时候就可以不在雪地上留下任何痕迹！绳子上可能还打了一些活结，可以一次性拆除……"

"太巧妙了，"亨利狡黠地笑了，"但是绳子掉下来的时候，会在雪地上留下痕迹！"

"凶手可能用了一根很长的木棍来牵制住绳子，"德鲁嘟囔道，"不过我也不确定，这不过是一种假设……小伙子，您是杂技演员，您有什么看法？"

"老实说，我没有什么看法，"亨利回答说，"除非有非常精密的装置……而且得把它提前布置好，还不能被人看见……父亲和我整个下午都在家……还有一件事，凶手不可能预知雪什么时候停，甚至根本不知道会不会下雪。所以，这有点……怎么说呢……撞运气。"

"小伙子，您说得有道理。"德鲁不无遗憾地承认道。

客厅陷入了沉默。

拉提梅夫妇的作案动机并不充分。杀死阿瑟的行为也许说得通，也许他无意间发现了某个可以戳穿他们的细节，但是他们为什么要除掉鲍勃·法尔呢？他们甚至都不知道这个人的存在！不对，警官弄错了，凶手应该就在这间屋子里。

伊丽莎白打破了沉默：

"约翰，你的手怎么这么冰？"

"亲爱的，你在说什么呢……"

德鲁陷入了沉思，在壁炉前来来回回地踱步。他把烟头扔进火炉，然后用力清了清嗓子，以便引起我们的注意：

"现在你们知道凶手是谁了。我们知道他们正在逃亡，但是逃到了哪里呢？这就是问题的关键！也许他们就在附近游荡！我之所以今晚把你们召集在一起，是想提醒你们注意安全，因为逃犯已如惊弓之鸟，他们就像两只困兽……会毫不犹豫地再次痛下毒手。所以，你们要加倍提防。"

"但是，我们马上就会抓到他们的，"他补充道，眼神里流露着杀气，"等我抓到他们，这两个家伙不会有好日子过！他们要是能活着出去，就算他们走运！"

那也得先找到他们才行，我心里想。这个沙发也太不舒服了！坐垫的填料简直凹凸不平！

"约翰，你很冷，是吗？你的手太冰了！"

约翰突然恼怒地从沙发上站了起来,他对自己的妻子说:

"你怎么知道我的手冰不冰?"

德鲁并没有在意约翰和伊丽莎白的话,他重复道:

"等我抓到他们,他们要是能活着出去,就算他们走运!……"他盯着自己的攥紧的拳头,脸上露出可怕的微笑。

"你怎么知道的?"约翰把两只手伸到伊丽莎白的眼皮子底下,继续说道。

伊丽莎白愣住了,她的脸色煞白,如同外面的雪地。她用低得几乎听不到的声音嘟囔着:

"……冰冷的……手……"

突然,约翰大惊失色,他咬紧牙关,开始往后退。

我也站起来,凑到我妹妹身边。太可怕了!伊丽莎白握着一只手,那是从沙发靠背和坐垫中间伸出来的一只手!

伊丽莎白晕了过去,我赶紧扶住她,把她从沙发上拉走。德鲁粗鲁地掀开了三张坐垫。

凶手再次得手了!爱丽丝和帕特里克的尸体就躺在沙发底下,躺在拆去了弹簧的绷带上!

这件事简直无法用理智来理解!我们身处一场噩梦之中。我头晕得厉害,脑海中却有种无法解释的坚定信念:凶手就在这间客厅里!嫌疑人的范围已经越来越清晰,我们用一只手就能数得过来:第一,亨利;第二,伊丽莎白;第三,约翰;第四,维克多;第五……德鲁警官又何尝没有嫌疑呢?

第三部分

PART III

幕间曲

啊,终于完成了!

真是个精彩的故事!如果图威斯特博士能解开这环环相扣的谜团,我就要对他脱帽致敬了!

在继续讲故事之前,我想很有必要先做个自我介绍:我叫罗纳尔德·鲍尔斯,是个侦探小说家,我还有一个为人熟知的笔名叫约翰·卡特。现在是1979年,我大概五十岁了。之所以说大概五十岁,是因为我不知道自己的确切年纪……不过这又是另一个故事了。

您刚刚读到的只是一个虚构的故事。詹姆斯·史蒂文斯、亨利·怀特、爱丽丝,以及这个小小的世界,是我在差不多两星期之前创造出来的。这一切源于我跟图威斯特博士打的一个赌。

至于阿兰·图威斯特博士,我想就用不着我介绍了。这位大名鼎鼎的犯罪学博士曾解开众多令人难以置信的谜团。他已不再年轻,但依然精神矍铄。他钟情于园艺活动,得益于此,他的身体十分硬朗,但他几乎不怎么出门。他的大脑灰质依然活跃,苏格兰场还经常派人上门去请教他。

大概两星期前,他邀请我去他家相聚。我们每次见面都只谈一个话题,那就是犯罪案件。自然,那天晚上也不例外。

"亲爱的罗纳尔德,"他对我说,"我跟您说句心里话。这辈子,我曾揭穿最狡猾、最凶狠的罪犯……曾解开最扑朔迷离的案件……但是在犯罪领域,尽管我有着如此丰富的经验,还有一件事是我没能完成的。"

"什么事?"

"写一本侦探小说,编织一个脉络复杂的谜团。我可以破解任何案件,但是创造一个完整的故事……我做不到。唉!我曾作过好些尝试……但都以失败告终。"

"可是,图威斯特博士,这太不可思议了!堆砌一些神秘事件,这不是很容易的事吗?最难的是找出谜底。作为作家,我想我还是有一些发言权的。不,我不相信您的话,您一定是在作弄我……像您这样经验丰富的人,应该很轻松就……"

"没错,解释不可能的案件对我来说很容易,我可以做到!我刚刚已经表明这一点。让我感到头疼的,是故事本身,是描述人物和背景……我再重申一遍,我已经尝试过好几次,但就是做不到。"

"好吧。"

"亲爱的罗纳尔德,所以我求助于世界上最伟大的侦探小说家,他的名字就是罗纳尔德·鲍尔斯,笔名是约翰·卡特。"

"博士,谢谢您的夸奖,您太抬举我了。还有很多其他作家……"

"不,目前您就是最优秀的,这毋庸置疑。在我们这个时代,神秘悬疑元素已经被暴力和色情所取代,这实在令人遗憾。只有您的作品还称得上真正的侦探文学。我甚至可以说,您是真正的侦探小说最后的捍卫者。"

"图威斯特博士,谢谢您,不要再夸了。不过,您到底想让我做什么?"

"我想提议跟您一起合作,写一本小说。您负责营造氛围,描写故事里的人物……一个令人难以置信的故事,关于鬼魂,还有密室谋杀案的故事,您明白我的意思吧?"

"当然。"

"所以您尽管堆砌谜团,不用考虑如何解释。因为,我会负责写出谜底!"

"我承认,这个想法很诱人,可惜这是不可能的事。一个侦探小说家必须事先知道谜底才能着手创作。当然,我完全可以写一个悬疑故事,不去费心考虑如何给出理性解释,但是图威斯特博士,这对您来说是不可能的事。我再说一次,我必须知道故事的脉络才能着手……"

"亲爱的罗纳尔德，您到底是答应还是不答应，您不想试试吗？"

"那就一言为定。一定会让您满意的，这将是个疑云满布的故事，不过我敢保证，您找不出令人满意的解释！我得事先跟您说清楚！"

"那就走着瞧……走着瞧吧……"

这就是我创作这个悬疑故事的缘由。我得承认，我写得酣畅淋漓！创作一个悬疑故事，却不需要考虑如何解答，这可真是个美差！对我来说就是小菜一碟！我文思泉涌，几乎一口气就写完了这个故事，只用了不到十个晚上。我还破例享用甚至是滥用了很多威士忌——从前写作的时候，我可从来不敢这样。另外，我还有一个创新，文章是用第一人称的视角写的：故事的讲述者叫詹姆斯·史蒂文斯，同时他也是故事的主角之一。此前，我还从来没用这种方式写过小说。希望图威斯特博士不会把可怜的詹姆斯解释为凶手！要知道，博士完全能做出这样的事！不，詹姆斯不可能成为凶手，阿瑟·怀特和鲍勃·法尔遇害时，他有不可辩驳的不在场证明。我认为，拉提梅夫妇是作为凶手的不错人选，但是图威斯特博士已经丧失了这个选项，因为在最后几页，凶手已经将他们杀害了。只剩下胡迪尼转世的可能性，一位"魔术之王"出现在神秘事件中，这是再自然不过的事！胡迪尼转世后成了年轻的亨利·怀特，他一直认为父亲是害死母亲的罪魁祸首，于是策划了这次阴险的谋杀。可是，这种可能性也被我匆匆扼杀，因为我知道图威斯特很容易就会想到这一点。可怜的博士，他已经束手无策……不过，这可没什么好抱怨的，我早就提醒过他了。

好了，我明天就把手稿发给他。让我看看……现在几点钟了……凌晨三点！我已经连续敲了差不多八小时打字机！真是不可思议！通常我每隔两小时就要休息一下。这个故事令我如此着迷，以至于我在想……

电话铃声打断了我的思考。

这么晚打电话过来的，肯定是吉米。我摘下听筒：

"喂？"

"你好，罗纳尔德！我没吵醒你吧？"

"吉米，你怎么不先问问自己这个问题，再给我打电话？不，你没吵醒我，我正在写小说。"

"我有个绝妙的想法！绝妙至极！所以才这么着急给你打电话。你可以在下一部小说里把这个情节加进去。"

"你说说看。"

"一个家伙钻进一副旧盔甲中，当然，是在有人见证的情况下。证人一直盯着盔甲，过了一会儿，见他还没出来，人们肯定想去看看他是不是发生什么事了。你猜怎么着？"

"里面的人消失了。"

"不，比这更厉害。那个人还在盔甲里，只是他的头已经不"

在原地！"

"我知道了，这副旧盔甲会让穿上它的人丧失理智。"

"不是！我是说这个人的头不见了！他的头被砍下来，然后不翼而飞！是不是很可怕？"

"很有新意！可是凶手是怎么做到的？"

"啊，这个！我还没想好。这是留给你来思考的……我相信你一定可以的。不过，罗纳尔德，这个点子是不是很妙？"

"确实，是个值得斟酌的点子。行了，如果你没有别的事，那我要去睡觉了。我们明天中午在白马酒馆见吧？"

"好的，罗纳尔德，没问题。啊！我保证你肯定能在哪里用上这个点子的。你可以把故事设置在一座老城堡里，城堡主也许是'蓝胡子'的后裔，然后……"

"你明天再跟我解释这些吧。晚安，吉米。"

我挂掉电话，长叹一声。

这个吉米，虽是个忠厚的家伙，但有时可真是个烦人精！他曾是个剧作家，跟我一样，五十来岁，却终日沉溺于酒精。他目前失业，妻子也离他而去，我很同情他。为了让他重拾自尊，我请他帮我的小说寻找素材和创意，从而向他提供一份体面的收入。他欣然接受了。自此以后，他不停地用他的"绝妙"点子来轰炸我。为了不让他失望，我偶尔会在小说的次要情节里塞一些他提供的点子。我已经尽力了，他提供的情节要么太离谱，要么太牵强，我实在无能为力……喏，就像我马上要发给图威斯特的这个无解的故事。仔细想想，也许吉米提供的某个情节已经神不知鬼不觉地进入我的思想，我刚刚完成的这个故事里兴许就有他的影子。老天，这不可能，我完全是凭直觉写完这个故事的，就像……该死的吉米！以后，我会把他的点子都记下来，免得跟我的想法混淆起来！

三点一刻，小罗纳尔德，你真的该睡觉了！

吉米站在落地窗前，逆光中，他的身形成了一个剪影。他似乎在专心致志地观察窗外的园丁，看园丁悉心修剪玫瑰花丛。他理了理一头金色卷发，转身对我说：

"对了，罗纳尔德，你考虑过盔甲里被斩首的那个点子了吗？你不记得了吗？十几天前，我在凌晨三点给你打电话说了这件事。"

十几天了！我把手稿发给图威斯特博士已经十几天了，他依然没有回信！但转念想想，要想出答案，肯定要花不少时间。就算他是个天才，也不能解答无法解释的事。

"嗯，"我的语气已经泄露了自己的淡漠，"我想过了，可是没什么结果。"

吉米走过来，随手抓起散落在书桌上的一本书。

"《胡迪尼和他的传奇》，作者罗兰·拉库布，"他边翻边说，"这个胡迪尼可真是个了不起的家伙！你看过这本书吗？"

我抬起头看着我的朋友，逆光中他的卷发镶着金边，衬托出一张长脸，脸上带着些许惊讶的表情。

"如果我让你感到厌烦了，"他吞吞吐吐地说，"你只需一句话，我就……"

"当然不是，你这是什么话！来吧，我们来喝点白兰地！"

吉米等这句话应该已经等了很久，他默默地接受了。斟满酒杯后，他颤颤巍巍地把一杯酒摆到我面前，然后举起自己的酒杯，仰头一饮而尽。

"罗纳尔德，"他开口了，"我得跟你谈一谈。最近，我感觉自己一直在依赖你生活……你已经不再对我的点子感兴趣，所以……"

"你在说什么呢！你很清楚，如果没有你，没有你的那些想法，大名鼎鼎的约翰·卡特就会江郎才尽了！而且，我常常在想，你到底是怎么想出那些绝妙的点子的！你很善于创作魔术般的神秘情节，这是与生俱来的天赋！"

"这倒不假。"吉米斟满酒杯，低调地说。

这样的场景时常发生，吉米需要被重视的感觉，否则他就会备受打击，从而终日消沉。

"不过，"我漫不经心地说，"几个月前，你是不是跟我提过一个跟胡迪尼有关的故事？"

"没有啊！"他回答得斩钉截铁。

"你确定吗？"

吉米奇怪地看着我说：

"罗纳尔德，我从来没跟你说过！不过我承认，这应该是个好主题……我会好好想想的。"吉米转身看向落地窗，"邮递员来了，我去取信了。"

他离开房间，但马上就回来了。

"信件都在这里了，"他把几个信封放在我的书桌上，然后说，"好了，我就不打扰你工作了，我出去透透气。"

有一个信封比其他几个明显更大，也许……我看看寄信人是谁……是图威斯特博士！

我赶紧拆开信封，里面是用打字机打出来的十几页文字，还有一封手写信：

亲爱的罗纳尔德：

我给您寄来了故事的结尾。我是从您停笔的地方继续往下写的，也就是人们刚刚发现帕特里克和爱丽丝的尸体的时候。依旧是参照您的写法，我采用了第一人称叙事。我一眼就发现了谜底，您的故事只有唯一的解释。不过我得承认，我获得了一些帮助。不是在破解谜底的时候，而是在书写结局的方式上。

目前我还不能向您透露太多。我们下次见面的时候再详谈。

期待下次见面……

"我一眼就发现了谜底……"这可真是太棒了！大名鼎鼎的图威斯特博士到底有没有完成这个不可能完成的任务，让这个疑云满布的案件大白天下呢？

我倒要看看……

第四部分

PART IV

1
解释

我已经晕头转向,约翰从我手中接过了伊丽莎白。此时的客厅安静得像太平间,维克多的声音打破了冰冷的沉默:

"这是唯一可能的解释……帕特里克和爱丽丝绝对不会不辞而别。就像您说的,要是他们能活着出去,就算他们走运……"

德鲁不知所措,没有回应维克多的话。他蹲下来仔细地检查着尸体。过了一会儿,他站起来,哆哆嗦嗦地点燃了一支烟。

"他们死之前应该受了不少罪,"他的声音微微颤抖,"他们的肚子上有一些奇怪的伤痕,但致命伤却是在心脏上。如果我猜得没错,看他们的装束,事情应该就是在半夜发生的。他们的死亡时间大概是四十八小时之前……"

"但是他们的车和行李确实不见了!"我大声说,"谁会——"

"显然是凶手，"德鲁打断道，"杀害他们之后，他把现场布置了一下，造成他们仓皇出逃的假象。"

"我的天！"维克多悲叹道，"这一切都发生在我的头顶之上，就在我睡觉的时候。"

德鲁看着他的眼睛说：

"凶手这么做是要冒巨大风险的……一定有不得已的原因逼迫他这样做。但奇怪的是，他本应速战速决，因为达内利先生随时可能醒过来，撞破他行凶，但他还在拖延时间折磨他们。奇怪……太奇怪了……"

"我这是怎么了……噢，约翰，亲爱的！太可怕了……我们快走吧！这可怕的房子，我一秒钟也待不住了。"

约翰一直把伊丽莎白抱在怀里，温柔地安慰道：

"亲爱的，别担心，我们这就回去。"他转身对德鲁说，"您不反对吧？"

德鲁点头允诺。

看到儿媳跌跌撞撞的脚步，维克多犹豫片刻，也对德鲁说：

"我去送送他们，这么厚的雪，稍有不慎就会摔倒……"

"去吧，你们都小心一点。"

等他们都离开客厅，寂静再次降临。德鲁摇着头，绝望地说：

"我已经糊涂了……"

"警官，"亨利说，"不要被拉提梅夫妇的死蒙蔽了双眼。这桩命案与其他案件并不一定有直接联系。"他走到沙发前，出神地看着两具尸体："您的猜测是正确的，这两人就是我们在找的凶手。他们是杀人凶手，是江湖骗子！"

德鲁的双眼恢复了昔日的光芒：

"这两个招摇撞骗的江湖术士，肯定招惹了不少仇家，这桩命案与其他案件可能毫不相关，我怎么没有早点想到呢？"

"既然拉提梅夫妇已经死了，"亨利说，"我已经没有任何理由保持沉默了。我们坐下来说吧，可能需要一段时间才能说清楚。"

我们围着小圆桌坐了下来。亨利要求把顶灯和壁灯都关掉，客厅里只剩下壁炉的火苗发出飘忽不定的光芒。

亨利在小圆桌下面摸索一阵，突然水晶球就亮了起来。渐渐地，这道光芒营造出一个不真实的魔幻世界，外界的一切都消失了。

德鲁痴迷地看着那个发光的球体，看得入了神。我盯着那个球，像是被催眠了，早已忘了客厅里还有两具尸体。

亨利任凭我们沉浸在这奇异的氛围中，片刻之后，他才开口说：

"再加上几个巧妙的把戏，你们就会相信这些神秘力量是真实存在的了。不过，你们也用不着感到羞愧，有很多人，甚至很多知名的知识分子也在同一张桌子前被迷惑……其中就包括我父亲……他不仅被骗得头脑发热，还给这两个灵媒骗子支付了巨额报酬。现在，这两个骗子就躺在客厅里。

"这个不可思议的故事，要从达内利夫人的死开始说起。她确实是自杀的，而非事后人们猜测的谋杀。维克多因此而失去了理智。不久之后，他的企业就破产了，他不得不把房子的一部分租了出去。第一个谜团：租客常常在半夜听到阁楼传来脚步声，一些村民还发现达内利夫人自杀的房间里发出微光。关于这件事的解释简单得不能再简单了：精神错乱的维克多在夜里爬上阁楼，希望与死去的妻子在那里重逢。

"好几个租客都迅速搬走了，于是达内利家的房子就变成了人尽皆知的凶宅，大家都说房子里闹鬼！谣言很快就传到了拉提梅夫妇耳朵里。爱丽丝和帕特里克·拉提梅，现在我们知道，他们都是江湖骗子。一栋闹鬼的房子！你们想想，这可真是天降大运！简直是坑蒙拐骗的绝佳场所！

"所以这两个狡猾的狐狸就此安顿下来。他们的邻居——也就是我父亲——是个刚刚丧偶的知名作家。他们马上就反应过来，大肆牟利的机会就在眼前。于是，他们马上就给我们上演了一个精彩绝伦的戏法：通过爱丽丝，我们听到了来自母亲的消息。"

"所以那是个骗局！"我惊叹道。

"当然。首先，我们必须明白，从一个封好的信封里取出一张纸，是很容易做到的事。只需要用一把又细又长的镊子塞进信封封口处的缝隙里，夹住纸张，然后转动镊子，把纸卷在镊子上，这样就可以轻易把整张纸抽出来。想要把纸放回去，只要逆向操作即可。只要勤加练习，就可以很轻松地完成整个操作，就算是在黑暗中也没有影响。詹姆斯，现在你能想明白了吗？"

"差不多，但是……"

"爱丽丝假装晕倒之前，帕特里克已经在客厅窗边的小台灯上做了手脚：他在灯座和灯泡之间塞了一个金属片。所以，只要按开关，保险就会跳闸。

"爱丽丝开始表演的时候，帕特里克向我们透露他的妻子是灵媒，并向我父亲提议进行一次实验。父亲当时还不太相信这样的通灵能力，他犹豫了一会儿，最后还是接受了。所以他向已故的妻子提了一个问题，并把它写在纸上，塞进了信封，然后他把信封封好，摆在桌上。帕特里克走到窗户旁，也就是说他站在了小台灯旁边，他等待着一道闪电，借机造成短路。趁停电的时候，他从信封里抽出那张纸，又把信封放回桌上，然后再次回到窗边，等着电路恢复。

"詹姆斯，不知道你还记不记得，当时，帕特里克似乎一直在观察自己的鞋子。实际上，他是在看纸上的内容，因为他把纸条放在了地板上，就在一张扶手椅后面。接下来，他借助另一道闪电，再次按下开关，客厅里又陷入了黑暗。按下开关的时候，他只需轻推一下金属片，这样电路恢复的时候，保险就不会再跳闸了。"

"亨利，我们也不笨。我想现在我可以替你说了：帕特里克利用第二次停电，把纸条放回信封，又把信封放回桌上，然后照明又恢复了。等等……啊,对了!爱丽丝醒过来的时候,帕特里克在她耳边说了几句悄悄话,把信的内容透露给了她。接着,他们就把台灯撞翻。台灯在地上摔个粉碎,完全不能用了,这样他们做的手脚也不会被发现了!他们精心策划了一个悬念,就在快要离开的时候,爱丽丝说出了你母亲的答案。啊,我得承认,这真是出好戏!"

"他们的表演如此成功,以至于连我父亲都开始相信鬼魂的存在。更别说维克多,自从妻子死后,他就对此深信不疑。

"拉提梅夫妇大获成功。自此之后,父亲就经常去'咨询'爱丽丝……就在这间客厅里。我就不再赘述他们蒙骗我父亲的精彩把戏了。他经常对我说,他与母亲进行了交流。"

德鲁露出了微笑:

"我猜他也给拉提梅夫妇提供了非常丰厚的报酬吧。"

"他简直挥金如土,你们无法想象那些金额。"

"可是亨利,你一直知道他在被人欺骗,为何什么都没跟他说呢?"

"你不记得我跟父亲之间发生的争吵了吗?我对他说要提防他们,但是他什么都听不进去。我们之间爆发了激烈的争吵。"

"你只告诉他要提防他们,"我抬高嗓门嚷道,"这就完了吗?难道你没跟他解释他们的诡计吗?"

亨利的脸突然涨得通红:

"詹姆斯,我不能说……拉提梅夫妇一来,就封上了我的嘴。"

"封上了你的嘴？"

"是的，因为我当时深深爱着爱丽丝，我们是地下情人……詹姆斯，没人能拒绝这个女人，绝不可能……她在我身上施了法。她声称被我的魔术戏法折服，其实是因为她马上就发现，我的存在对他们的计划是一个潜在威胁。她是个野心勃勃的人，我又何尝不是。我们曾做出很多天马行空的计划，我到现在都还能回想起她的声音：'亲爱的，我们将携手征服整个世界……但是，在此之前，我必须先闯出名堂……亨利，我的爱人，你必须帮助我！……不行，不行，不行！你不能告诉你父亲，不能说帕特里克和我在欺骗他！他是个名人，他会把我的天赋告诉一些大人物……什么！把他当傻子一样戏耍？难道你没看到，自从感觉与妻子取得联系后，他脸上洋溢的幸福吗？……他给我的那些钱？亲爱的亨利，我们会需要那些钱的。等我们开始表演的时候，初期阶段总会需要一些资金……是的，没错，我的宝贝，我很快就会离婚。你很清楚，自从遇到你，我的眼里就没有帕特里克了……好的，亲爱的，我马上就离，我对你发誓……'

"我被夹在中间，不知道该怎么办。一方面，父亲正源源不断地给拉提梅夫妇提供巨额资金，我同情他如此轻信他人，却什么都不能说……我尽力想劝服他，可每次他都勃然大怒；另一方面，那可是爱丽丝！说着山盟海誓和深情表白的爱丽丝！

"为了吸引顾客，她曾想让阁楼的鬼魂现形。当然，她早就知道是维克多在半夜爬上阁楼发出了那些脚步声。你们猜猜是谁接替了维克多？没错，你们都知道了，就是我。当然，我曾提出抗议……但是没人能拒绝爱丽丝，她总有办法说服你……我就不跟你们详细描述了。"

"原来是你！"我惊叹道，"约翰，维克多还有你父亲听到的，是你在阁楼发出的脚步声！"

"没错。"亨利双手掩面，低声说道。

"所以约翰说得没错，阁楼上什么都没有！"

"我在最后一刻从被诅咒的房间爬了出去，然后又爬到屋顶的山字墙上。这对我来说，是易如反掌的事！"

"但是，约翰搜索房间的时候，窗户是关上的。"

"我出去的时候，就已经把两扇窗户关上，然后爱丽丝趁大家在检查现场的时候，悄悄地把窗户锁上了。"

"真不赖啊！"我不禁嘟囔，懊恼自己没有想到这一点。

"此后，同样的把戏一再上演，当然骗的是不同的人……毫无疑问，拉提梅夫妇从中获益匪浅。对维克多来说，这个半夜访客就是他的妻子，他对此深信不疑。你们想想，这么多年来，他一直在等着妻子回来！

"看着人们轻易上当，维克多如此天真，尤其是父亲……我再也忍受不了，已经快要爆发……"

"是的，我记得很清楚。当时我们几乎无法跟你交谈。"

"我与父亲的争执日益剧增，愈演愈烈，而爱丽丝依然不愿离婚，还让我继续等待。

"有一天，我作了决定：要么爱丽丝马上跟我走，要么我就向众人揭发他们的骗局。我来到她家，把她逼到了墙角。她哭着乞求我，用尽了所有办法想让我改变主意，但我依然没有动摇。然后，我遭到当头一棒。等我醒过来时，已经被堵住嘴巴，手腕和脚踝都被绑在床沿上。帕特里克就坐在我身边，手里扬起一把长长的钝刀。

"我被吓得浑身冰冷，不仅是因为看到了那把刀，还因为看到了帕特里克和爱丽丝对视的眼神。我瞬间就全部明白了：爱丽丝是经过帕特里克的同意，才来勾引我的，为的只是封住我的嘴！我只是这两个骗子的玩偶，这两个邪恶的禽兽，为了达到目的，不择手段。

"爱丽丝含情脉脉地看着她的丈夫，我在她眼里什么都不是。我的眼前还时常浮现出她微笑地看着帕特里克的场景，她对他说：'亲爱的，接下来就交给你了。'帕特里克试图收买我，我拒绝了，他也没有再坚持。他的眼神里浮现出一丝杀机——我早就看出来了，他想杀人灭口。他对我说：'很好，那我就别无选择了。'但是他的残忍让他铸成大错：他没有让我一刀毙命，而是慢慢地把刀插进了我的肚子。

"我曾经与一些江湖游士打过交道，他们会练习一种用剑刺穿腹部的技巧，因为用的是钝剑，刺穿的过程是缓慢的，可以避开致命器官，只有皮肉会被刺穿。

"我当时就明白过来，还有一线生机。我紧紧地咬住塞在嘴里的东西，疼痛令人难以忍受，我晕了过去。

"我慢慢地恢复了意识，腹部传来剧痛。然后我听到了一种规律的声音：帕特里克正在挖坑！他以为我已经死了，正准备把我埋了！四周都是树，我们是在树林里！等挖好了那个邪恶的坑，他抓住我的一只手臂，把我扔进了坑里。这坑一点都不深，只有一米多一点。摔下去的时候，我的脑海里闪过一丝灵光：我的脸朝下，用手撑住了地面，这样可以保留一些空气。如果我马上起身，帕特里克肯定会一铲子结束我的性命，所以我最好还是继续装死，一会儿再尝试逃生。一铲铲沙子落在我的背上，我想起了胡迪尼。胡迪尼让人把自己埋在两米深的地下，还能逃出生天！虽然我还不能使出全力，甚至还很虚弱，但是我的肩上只有不到一米深的泥土！这一次，我还是有逃生的机会。我屏住呼吸，收紧肌肉，因为在我弓起的身体和下面的泥土之间，只有少量的空气存量。"

"你成功地逃了出来！"德鲁插话道，显然听得十分入迷。

"非常凶险，"亨利继续说，"最难的是控制我的恐惧。我可以向你们保证，当你被活埋的时候，逃出来可不是那么容易。"

"一切都说得通了，"德鲁说，"您的父亲撞见了帕特里克，当时他正扛着您往树林走，想把您埋起来。于是您的父亲开始尾随你们。帕特里克发现了您的父亲，然后砸中了他的头部。没错，现在一切都清楚了。当拉提梅夫妇得知怀特先生还没死的时候，应该被吓得不轻。因为等他醒过来，他肯定会说出自己的所见，人们必定会把亨利的失踪和肩上的尸体联系起来。

"怎么办？不能让人们怀疑亨利被杀害了！到时警方就会开展调查，事情可能会变得凶险。那怎么办？在怀特先生苏醒过来之前，他们必须快速找出一个解决办法……最后，他们找到了办法：他们声称在帕丁顿火车站看到了一脸惊慌的亨利。这真是个绝妙的办法，人们不仅会相信亨利还活着，而且还会怀疑他袭击了自己的父亲，然后畏罪潜逃，这一切都归因于他们最近频繁的争吵。更何况，他们这样做不会冒任何风险，因为在他们眼里，亨利已经死了，没人能拆穿他们的谎言。没错，这是个绝妙的办法……只不过，他们还是百密一疏。"

亨利的脸上浮现出微笑：

"十分凑巧的是，詹姆斯在牛津火车站看到了我。当时，我还不知道父亲被人袭击的事。我厌倦了一切，我深爱的女人作弄了我，甚至可以说谋杀了我。我与父亲的关系降至冰点，而且我还帮助拉提梅夫妇欺骗了他……我在街上游荡了一阵子，然后下定决心离开这个国家。所以，几天之后，我就出现在牛津火车站。"

"你还在站台上跟我说了几句话，你还记得吗，亨利？你对我说：'这里的人太残忍了，我要走了……'"

亨利点头表示记得。

"真是命运的嘲讽！"德鲁说，"拉提梅夫妇声称十二点半在伦敦看到了您，而与此同时，您在牛津火车站遇到了您的朋友。"

"我不知道他们听到我的证词时，心里是什么感觉，"我说，"他们是认为我出现了幻觉，还是觉得亨利死而复生了？"

"甚至，他们可能还去帕特里克埋葬您的地方翻了个底朝天……"德鲁猜测道，"然后发现您的尸体已经不翼而飞……不过这一切，我们已经无从得知了。"他停顿片刻，继续说道："三年的时间过去了，拉提梅夫妇继续干着坑蒙拐骗的勾当。现在，我有些好奇他们是怎么杀死鲍勃·法尔的……那可是一间密室！而且鲍勃·法尔来这里干什么？"

"我在美国的时候，"亨利沉默片刻后说，"一直想着有一天能回到英国。我的归来将是一次恶作剧，尤其是为亲爱的拉提梅精心准备的。我想利用鲍勃和我十分相似这一点，以我的方式来上演一出好戏。所以，鲍勃会先去拜访他们，然后我再出场。你们想想拉提梅将作出什么样的反应！他们一直在骗人们世界上有鬼，现在他们即将见到他们杀害的那个人的鬼魂，而且还是两个一模一样的鬼魂！这将是一场好戏！

"当然，我已经提醒过鲍勃，要提高警惕，他们是很危险的人，肯定会设法除掉他。鲍勃微笑着回答我：'如果他们要使坏，我会好好教训他们的。'鲍勃离开的时候答应我，每隔一天都会给我打一个电话。

"我不知道后续，但是我可以很容易想象出来：他初次登门拜访，拉提梅夫妇就把他打晕，然后把他关了起来。

"'爱丽丝,这不是鬼魂!你冷静点!我埋葬亨利的时候,他还没死,就是这么回事!'

"'就是这么回事!这就是你想跟我说的吗,帕特里克!'

"'当然,要想办法除掉他……我有一个想法:我们不用设法摆脱尸体,而是把它展示给所有人看!'

"'你疯了!你想让我们被抓吗?'

"'不,亲爱的,听我说:我们会暗示维克多和阿瑟,说达内利夫人是被谋杀的,现在她的鬼魂显灵了,不要忘记,阁楼上已经闹鬼多时,她回来就是为了复仇。我们向他们提议在被诅咒的房间里进行一次招魂实验,房间会被提前封好。然后,他们就会在房间里发现亨利的尸体。你想想这将产生什么轰动效应!这将给我们带来多大的名气!'

"'呃……好吧,但是这实在太危险了,我们会被怀疑的……'

"'不会的,你听听我的计划……'"

亨利停顿了片刻,然后继续说:

"对,事情应该就是这么发生的,大差不差……"

"没错,"德鲁点头同意,"到目前为止,一切都说得通。但是接下来呢?他们是怎么在被诅咒的房间里杀死鲍勃的,然后又是怎么把房间再封起来的?"

亨利盯着我说:

"詹姆斯,你知道当你们第二次爬上阁楼的时候,是什么事情让你觉得奇怪吗?是比例问题。走廊的比例已经发生了改变!"

遮住某个记忆单元的纱帘瞬间被撕开。

"没错，"我开口说道，"就是这样……但是我不明白……"

"我当时不在犯罪现场，"亨利继续说，"但是我听到的信息足以让我复原现场。这桩命案是个名副其实的杰作，如果能用这个词来称呼的话，只有专门从事幻术表演的人才能做到。他们是怎么做到的呢？

"首先我们得知道，犯罪现场有着十分有利的布局：走廊尽头是一条帘子，完全挡住了尽头的墙壁，右边是四扇门，门后是四间一模一样的房间，只有第一间房间里堆满了旧家具。我们还要注意到，四扇门也很容易跟墙面混淆起来，都镶嵌了深色的橡木壁板，只有门上的四个白色把手是显眼的。

"你们第一次爬到阁楼的时候看到了什么？有一道光从最后那扇门里透出来，且门是开着的，那道光照亮了三扇门上的把手……这就是你们看到的一切！你们没有看到四扇门，你们只看到了一扇打开的门和三个门把手！

"这扇打开的门是第三扇门：拉提梅夫妇把帘子往前移了移，使走廊缩短，遮住了最后那扇门。他们还事先卸下三个门把手，然后按照一定的间距，将门把手安装在第一扇和第三扇门之间。

"借助于精心安排的光线，就可以呈现出完美的幻觉。你们会感觉身在一条正常大小的走廊，右边有四扇门，最后一扇门是开着的。而且，为了掩饰在门把手上做的手脚，爱丽丝顺理成章地站在门的这一侧，快速把访客都引导至第三个房间，其实他们原本要去的应该是第四个房间，也就是被诅咒的那个房间。

"也许是在快到九点的时候，帕特里克杀死了鲍勃，他当时被塞住嘴巴，被绑在被诅咒的房间里。显然，当时门把手和帘子已经归位。九点半左右，爱丽丝离开了十分钟，带着烛台和一个小盒子去了阁楼，阁楼里面装着做封印的材料，其中就包括那个将被用作印章的硬币。也就是说，只在这十分钟内，父亲的硬币不在他自己手上。你们猜猜爱丽丝在这十分钟之内做了什么事？她把被诅咒的房间封印住了，那里面就躺着鲍勃的尸体，然后她把烛台放在了第三间房间里，我们刚才已经解释过，这个房间里的光源至关重要。

"然后她就下了楼，帕特里克则去门厅拿他的外套。爱丽丝领着一小群人，再次返回阁楼，他们以为自己进入的是被诅咒的房间。帕特里克接着也来了，他故意改变了自己走路的姿态，这样你们之后就会猜测此人是我。所有人都离开了房间，当然，除了帕特里克，然后房间就被封印住了。自然，封印房间的人必须是爱丽丝，因为封印必须和之前放在第四扇门上的一模一样。不久之后，帕特里克就离开了房间。他打开门出去的时候，封印自然被破坏了。他仔细地去除了封印的痕迹，把帘子放回原处靠近最里面的墙面，又把门把手也放回原处，然后就离开了现场，留下鲍勃的尸体在被封印的房间里。我们还需注意到，死者被提前套上了与帕特里克类似的大衣和帽子。然后，他就下楼来到门厅，开始准备下面的戏份：假装在拿大衣的时候被人偷袭打晕。

"没错，这桩案件就是个名副其实的杰作，因为这个骗局唯一可能暴露的风险，只有在第一次去阁楼的时候。但是，我敢肯定，万一有人发现了帘子和门把手不对劲，拉提梅夫妇一定还准备了另一招。你们知道，当时没人怀疑那里面本来就有一具尸体！所有人都在等待实验的结果！维克多是唯一了解地形的人，但他太过激动，一心想与妻子重逢，完全没有发现走廊比平时更短！接下来，等帕特里克把帘子和门把手都放回原位，就再也没有任何可以揭发他们的线索……这桩命案也将变成一起灵异事件。确实，人们很快就会发现，没有任何人类能闯进这间被封印的房间。詹姆斯，我得承认，如果你没告诉我，第二次去走廊的时候有一种奇怪的印象，那我可能什么也发现不了……即便我对凶手就是拉提梅夫妇心知肚明。"

"的确，"德鲁承认道，"这是不同寻常的案件。然而，如果我们进一步对阁楼进行仔细搜索，还是能发现门把手和帘子被移动的痕迹。"

"我很难同意您的观点，"亨利说，"帕特里克肯定已经确保不会留下任何痕迹。别忘了，我们对付的可是专业的幻术大师，更何况这事关生死，你们可以想象他们为之付出了多少心血。当然，我们还是可以上楼查看一下，但是我觉得我们什么也找不到，除了用来临时固定门把手的几个钉眼可能还留在原地。"

德鲁抬起下巴指了指沙发，说道：

"但是，现在这已经不重要了……拉提梅夫妇已经逃脱了审判。"

"我不知道是谁杀死了这两个家伙，"亨利苦笑道，"总之，如果是我，我绝不会惩罚这位……这位正义之士！"亨利陷入了短暂的沉默，继而又说："可怜的鲍勃，我就不应该让他走……他出发去英国之前，答应过我会经常给我打电话。前几天，他确实给我打了……然后就再也没有消息了。我太了解拉提梅，马上就明白了，鲍勃已经被他们不择手段地铲除。于是我登上了第一班回英国的航班……后面的事你们就都知道了。"

"但是，亨利，你为什么没有马上揭发他们？这样你父亲就不会遇害了！"

"是的，"亨利结结巴巴地说，"的确如此……但是我没法知道，他们能做出什么样的事……你们也知道，当时没有任何证据指向他们。看到我回来，他们一定大受震撼，他们还以为杀了我两次。我本来想的是，让他们继续煎熬，他们一旦惊慌失措，就会露出马脚……爱丽丝确实精神崩溃了好几次。

"这么一想，我想他们一定是搞错了目标，才杀害了我的父亲，因为他们肯定是冲着我来的，他们有充足的理由来铲除我。啊，这些可恨的家伙！如果我早知道……"

德鲁点燃了一支烟，眼睛依然紧紧地盯着发光的水晶球。他的脸上浮现出平静的满意，到现在为止，这还是我第一次看到他露出这样的表情。显然,亨利的解释让他放宽了心。

"我们得承认,"过了一会儿,他说,"凶手在犯案时表现出了精湛的技艺,不是每天都能碰到这种级别的罪犯。但是,关于您父亲的谋杀案,还有一个疑点……我很好奇他们是如何踏雪无痕地离开的。您可以解释——"

"这个我就不知道了,"亨利打断道,"我是说我现在还不知道,但是可以肯定的是……"

突然,德鲁脸色大变。他张开嘴想说些什么,却发不出任何声音,愣在了原地。

"怎么了,警官?"亨利柔声问道。

"我……他们……拉提梅夫妇是在大约两天前死的……他们不可能杀害您的父亲……您父亲的死亡时间还没超过二十四小时……他们不是凶手……这不可能。"

2
绝望的警官

沉默令人窒息。德鲁神情慌张,贪婪地吸着烟,他的头上萦绕着一团烟雾。亨利脸色铁青,紧张地搓着手。他青筋暴涨,额头上渗出细密的汗珠。

"那会是谁?"我大喊道,"是谁?"

亨利认真地看着我,脸上露出难以捉摸的微笑:

"世界上只有一个人能做成这件事,只有一个……"

不知为何,亨利变得面目可怖。他脸色发青,透亮的眼神中闪烁着可怕的光芒。

"此人征服了全世界,"亨利继续说,"并且得到了永生……"

"到底是谁?"德鲁怒吼道。

亨利的嘴边浮现出得意的笑容,然后宣布:"哈里·胡迪尼!"他的声音变得难以辨认,透露出一种无以复加的傲慢。

德鲁惊得目瞪口呆，久久地盯着亨利。

"哈里·胡迪尼！"亨利说，"但是……"

众人再次陷入沉默。在我们惊慌的眼神中，亨利紧张地点燃了一支烟。他咽了好几次口水才开口：

"胡迪尼在临终前曾向他的妻子保证，将从另一个世界向她传递一个消息。他的妻子余生一直在等他的消息……但最终没有等到。人们由此断定，胡迪尼没能成功地从鬼魂之地脱身……大错特错！胡迪尼在这场难以置信的赌局中成了赢家，或者我们可以这么认为：他之所以没有现身，是因为他已经不知道自己是谁！1929年，也就是胡迪尼死后的第三年，他就成功转世，刚好就是我出生的那一年……"

"这一切很难解释，因为这不是一次偶然的转世，而是涉及基因传承。胡迪尼在家族后裔中找到了转世肉身。"亨利赞赏地盯着德鲁，"德鲁警官，如果没有您的帮助，没有您过人的心理学家的素质和分析能力，没有您敏锐的洞察力和惊人的聪明才智，绝对不会有人知道这件事，就算胡迪尼本人也不会想到！

"因为胡迪尼……胡迪尼，就是我！"

我的心脏停止了跳动，德鲁和我都被吓得不能动弹。我的朋友已经发了疯，他认为自己是胡迪尼。

"警官，这一切都多亏了您，"亨利眼神迷离地握住德鲁的手，感激地说，"我再次强调，如果没有您的帮助，我永远都不可能知道我是谁。那天您的论证和深入调查已经证实了我的身份：我就是哈里·胡迪尼！我是胡迪尼！逃脱术之王胡迪尼！否则，如何解释这不可思议的相似度……如何解释父亲的身世……他的本姓就是韦斯……而且是出生在布达佩斯的韦斯家族！"亨利满意地看着自己手上的血管，"我的身体里流淌着胡迪尼的血，我就是胡迪尼，伟大的胡迪尼！

"没错，警官，这一切都要归功于您。要不是您，我永远也不会想到……不会想到害死我母亲的人必须偿命……而且他必须死在我的手下……您知道，我很爱我的母亲，她就是我的一切……她的死对我造成了沉重打击，这种痛苦难以言说……

"警官，多亏了您，一个多星期前，我才知道了自己的真实身份，才意识到父亲已经没有活下去的权利。三年前，因为他的过错，导致胡迪尼的生母在车祸中丧命！胡迪尼必须伸张正义，他必须杀了这个人，即便此人是他的父亲。他犯下了不可饶恕的罪过，因为他夺走了胡迪尼母亲的生命！"

德鲁双手掩面，不想面对眼前这可怕的一切。被人称为"心理学家"的德鲁警官，却因为自己错误的指控，让一个人变成了疯子。他不仅让亨利变成了疯子，还给他提供了杀人动机！这实在令人难以想象：一名尽职尽责办案的警官，亲手造就了一个杀人凶手！

客厅里安静得令人害怕，德鲁已经崩溃了。

"亨利，"我结结巴巴地说，"这不是真的！你真是昏了头！难道你忘了，你整晚都跟我待在一起！你不可能……"

"就是我，詹姆斯，是我杀了他，杀他的人必须是我。我得说，这项谋杀计划可是个杰作……一个无比简单却堪称天才的计划！

　　"自从鲍勃死后，很多村民都会在床边放上一把上了膛的猎枪，父亲也不例外。詹姆斯，你还记得吗？大概晚上十点，我们在一起唱生日快乐歌，然后电话铃响了起来，是我去接的电话。当时我告诉你们是有人打错了电话，其实不然，那是父亲打来的电话。他在电话里求救：'亨利，快来！我刚才检查猎枪的时候弄伤了自己……我在房间里……伤势很严重……子弹穿进了脑袋……我就要死了……赶快过来……快叫救护车，也许还有一线生机……快！快！亨利！……'

　　"你们想想，我正盘算着如何杀死我父亲，现在有个千载难逢的机会摆在了面前。只要延误救援时间，我就能除掉害死母亲的凶手！

　　"然后，詹姆斯，我们下了一局象棋，显然我的心思根本就不在棋盘上，你应该也能看出来，否则我怎么会输给你？我一边下棋，一边分析时局：父亲不太可能再给别人打电话了，一方面他肯定已经没有这个力气；另一方面，我已经跟他说过，会安排好一切。

　　"在我的操作下，事故已经演变成一桩凶杀案！但是还必须让人们知道，父亲是被谋杀的！再次降雪之前，他的尸体必须被发现。由于房子周围的雪地没有任何足迹，父亲的死也将被认为是起灵异事件！简直太高明了，这是胡迪尼才能想出来的办法！

然而，我必须让人们相信，父亲是被谋杀的。

"在我混迹于杂技圈时，我结识了一个会腹语术的人。他曾试图将他的技艺传授于我，可惜我没能学成，不过他倒是发现，我有模仿他人嗓音的天赋。

"快到夜里十一点的时候，我们下完了那局棋，然后我给父亲打了电话，但他没有接……他已经死了。所以，我才给维克多打了电话。我模仿父亲的声音说道：'凶手……啊！我的头……我听到了一些声响……然后就被吵醒了……一个影子……开了一枪……我好痛苦，维克多……快来……我就要死了，快点，快点……'接下来的事，你们都已经知道了……不过我得承认，当我发现父亲还活着的时候，还是有一些害怕。万幸的是，他没被救活……这晚到的一小时，对他来说足以致命！

"当然，是我打开了通往花园的后门。哈哈哈！凶手在逃走的时候没有在雪地上留下任何足迹！简直太高明了，这是胡迪尼才能想出来的办法！……

"还有个细节，詹姆斯，你知道为什么我们没有听到枪响吗？因为我们正在大声嘶吼地唱着生日快乐歌！哈哈哈！

"朋友们，我之所以告诉你们这些，是因为我相信你们可以保守这个秘密……警官，您帮助我弄清楚了自己的真实身份，我真不知该如何感谢您……谢谢您，警官，万分感谢！"

我蜷缩在椅子里，试图清空脑袋，不想再听见亨利可怕的声音。

"拉提梅夫妇杀死了我的朋友鲍勃……一开始，我不知道是该揭发他们还是亲自为他报仇雪恨。我犹豫了很久……当我看到他们把行李箱装上了车，才明白他们很快就要离开，我意识到必须马上行动了……我潜入他们的房间，趁他们睡觉的时候打晕了他们……然后我把他们的嘴巴塞上，把他们绑了起来……当他们醒过来的时候，看到我手里拿着刀，凶神恶煞地向他们俯下身子，两人被吓得魂不附体，你们真该看看他们当时的样子！我要让他们血债血还！他们的脸因恐惧而变得扭曲，因为他们清楚，三年前他们对我的所作所为，现在我将一并奉还。我先是在他们的腹部开了几个小洞，只是为了恐吓和折磨他们，哈哈哈……然后我再一刀毙命。没错，这两个猪狗不如的东西得到了应有的报应，这两个卑鄙小人给村子带来了多少苦难。

"我没法把尸体扛下去，因为这该死的楼梯嘎吱作响，我有可能会被维克多撞见，所以我把他们暂时安置在沙发里，想等待更好的时机去处置他们。接下来，我花了不少时间剪断绷带，拆除弹簧。因为时间紧张，我快速把这些占地方的东西从窗户扔了出去，能扔多远就扔多远。

"他们的车和行李现在就躺在离这里不远的河底……我……你们这是怎么了？詹姆斯，你为什么要哭？还有您，警官，您的脸色如同丧尸！你们醒醒！站在你们面前的可是胡迪尼！哈里·胡迪尼，逃脱术之王！一个死而复生的人！一个……"

我已经无法再忍受，慢慢失去了意识，只记得在昏迷之前，看到德鲁警官举起了一把自动手枪……

3
最后的谢幕

"好的,德鲁警官,有人偷走了您的车……可是为什么要调动整个郡的警力来追踪一辆失窃的警车?现在可是凌晨一点钟!您手里还有两桩命案,却执着于找一个偷警车的贼!说实话,警……"

"闭嘴!"

"好的……好的,警官。可以了,我们已经传达了命令,会有人来把尸体带走。为了找到这两个家伙,我们搜遍了全国,没想到他们就在您眼皮底下。不过……"

"中士,您要是再多嘴,我就……"

"收到,警官,明白了……哎,那个叫史蒂文斯的小伙子已经醒过来了。可您还没有跟我们解释,他为什么晕过去,您头上的肿块又是怎么回事……"

"够了！中士，你给我闭嘴！所有人！都给我滚出去！别忘了把尸体带走！不管发生什么事，都不许再回到这里……除非你们有关于警车的消息。"

我慢慢恢复了意识，警员们纷纷离开了客厅。德鲁面无血色地朝我走来，他的额头上有一个巨大的肿块。

"您感觉好点了吗？"他问道。

"好一点了，可是亨利去哪儿——"

"等这些人都走了再说，"他焦躁地打断了我的话，"好了，现在我们可以说话了。目前只有你和我知道亨利是个杀人犯。刚刚我正准备逮捕他，他抄起水晶球把我砸个正着。显然，等我醒过来，他已经逃之夭夭……我的车也不见了！"

一个警员突然闯进客厅：

"警官！我们发现了您的车！它正在全速驶往伦敦！"

"小伙子，快点！"德鲁气喘吁吁地对我说，"快跟我来，我可能需要您的帮助。"

凌晨三点，德鲁和我走下警车。

"德鲁警官，他就在那里，在桥上。我们没法靠近他，他手里有枪。我们已经有两个人受伤了……我们该怎么办？"

"什么也不要做，"德鲁说，"大家都守好自己的位置，他有逃走的可能吗？"

"当然没有！"警员一脸惊讶地说，"我们的人已经把桥的两头都把守住了，他逃不了。除非他跳进冰冷的泰晤士河，那样无异于自杀。至于您的车，警官，恐怕……"

"不要担心我的车！"德鲁大吼道，"你们只需执行我的命令！好了，我过去了，你们谁都不许动。"

"警官，您疯了吗？他会向您开枪的！他手里有枪，已经……"

德鲁差点就要让自己的下属吃下一拳，但最后一刻又改变了主意。然后，他就朝桥上走去。

"警官，等等！我跟您一起去！"我大喊道。

德鲁转过身，久久地看着我，然后说：

"他肯定拿走了我的手枪，就放在副驾驶舱的储物盒里，那是件可怕的武器……您知道这意味着我们要冒什么样的风险吗？"

"没错，我很清楚。但是我是他最好的朋友，他不会开枪打我的。"

德鲁犹豫了片刻，然后示意我跟上来。

蹲守在桥两头的警员都关切地看着我们，仿佛我们即将有去无回。德鲁已经走到桥面上，我加紧脚步追上了他。

几小时之前，亨利还跟我在一起吃晚饭。他是我永远的朋友，如今却变成了一头怪兽……他随时都有可能从某个桥墩后突然出现……泰晤士河在如银的月色下静静流淌……亨利是个杀人犯，我的老天！

"他在那里，"德鲁突然停下，"中间的桥墩那里有个凸出来的影子,就是他!小伙子,正常走路,假装你什么也没看到。"

"警官,您在这里不要动,我过去吧。"

"绝对不行。"

"好吧,那我走在您前面吧。"

现在我已经能分辨出亨利的脸,他的脸上写满了恐惧和疯狂,再也不是从前我认识的那个亨利。

"詹姆斯,不要再过来了!"他朝我挥舞着一把手枪说。

"亨利,是我,你的朋友詹姆斯。"

"站住!"

"亨利,你生病了,必须接受治疗。来吧,快把武器给我。"

我站在离他只有几米远的地方,看到他的食指紧紧扣在扳机上。我直勾勾地看着他的双眼。

亨利低下了头,手枪掉在地上。

"詹姆斯。"他悲情地低声说道。

突然,他跨过栏杆,纵身一跃,一道落水声划破了夜晚的宁静。德鲁赶紧趴到栏杆前,我也紧随其后。泰晤士河依然静静流淌,暗黑的水面上没有一丝水花。

"一切都结束了,"过了一会儿,德鲁说道,"我们救不了他了。也许这样更好……"

"警官,您知道,亨利本来是个不错的小伙子。他杀死父亲的事不能让任何人知道,任何人都不行……拉提梅夫妇已经得到了应有的惩罚。"

德鲁抓住我的肩膀：

"杀死他父亲的人不是亨利，而是一个愚蠢的警官，一个人称'心理学家'的自以为是的家伙！不，小伙子，您无法感同身受，您无法体会我有多么厌恶自己。若不是还有妻儿，我也将追随您的朋友而去。我的指控让他变成了疯子，以至于……

"您不用担心，没人会知道这个可怕的故事是如何落幕的，没人会知道，一个愚蠢的警官要为这件事负主要责任。我会确保这一点，您可以相信我。怀特先生的死将被如实记录，他死于一场意外。随后，您的朋友因忧伤过度而自杀。至于拉提梅夫妇，鉴于这两人的前科，我们可以轻易解释他们的命案：遭受他们欺骗的某个受害者发现了真相，对他们实施了报复。"

泰晤士河的河岸上，有几个亮点正在忙乱地移动，几道光束不时在水面扫过。

身后传来一阵脚步声，一些警员走了过来。

"来吧，跟我走吧，"德鲁说，"您的朋友已经没有生还的希望了。我送您回去。"

"不用了，警官。谢谢您。我现在还不想回去，我想一个人静一静……"

第二天，史蒂文斯夫妇向警方报案，称他们的儿子失踪了。从此，再也没有人见过詹姆斯。

第五部分

PART V

尾声

真是不可思议！图威斯特博士竟然成功地解开了这一团乱麻！我简直不敢相信，他续写的部分就像出自同一人之手，给出的谜底也完全合乎逻辑，只有在下笔之前就已经对结局心知肚明的作者才能写出这样的故事，但我可以保证，事实并非如此。他不仅对鲍勃·法尔和怀特先生的命案作出了令人满意的解答，还合理地解释了亨利在整个故事中的奇怪行径。

这只有两种可能性：其一，图威斯特博士确实聪慧过人；其二，我从一开始就设计好了一切，只是我自己还不知道。一般情况下，我每天的写作输出不会超过三页纸，我总是会不时停下整理思绪，或翻阅众多文献。然而，在写这个故事的时候，我只花了十个晚上就写完了，而且我只翻阅了一本参考书，一本关于胡迪尼的书。

我自己都难以置信！不过，为什么图威斯特博士要在故事的结尾让詹姆斯·史蒂文斯消失呢？这与故事毫不相干！一点联系都没有！甚至十分离谱！

但我又想到，他的来信中有几句话似乎有些奇怪……让我来看看……啊，找到了！"……您的故事只有唯一的解释。不过我得承认，我获得了一些帮助……我们下次见面的时候再详谈。"这话是什么意思？

算了，别再绞尽脑汁了，还是打个电话吧！

我正准备拨通他的号码，但又临时改了主意。不如让他在焦急中再等待两三天，我这么快就给他打电话，他一定高兴坏了，我可完全没有这个兴致听他在电话里得意扬扬又故作谦虚的声音。我承认，他如此轻易就解开了谜团，这让我有些恼火。我——约翰·卡特——鼎鼎大名的侦探小说家，还曾打赌他无法破解谜底。

已经快十二点了，吉米仍然没有回来。我们本来计划一起去白马酒馆吃午饭，但是我没有胃口，吉米此时依然未归，兴许也跟我一样没了兴致。今天我还没有出过门，也许出去散个步，透透气，会大有益处。

我的房子位于郊区，它远离尘嚣，最近的村子都在一公里开外。这是个令人放松的僻静之处，对于灵感的激发大有裨益。

我一边沉思，一边沿着绿意盎然的小径散步，四周是冈峦起伏的大片绿地。混乱的思绪在我的脑海里互相碰撞，随后它们逐渐消停下来，我的脑海变得一片宁静，一片空虚……我感到十分惬意，什么也不再想，脸上掠过一丝微凉的风和一缕暖阳。是的，我感到如此惬意，以至于忘记了时间。当我返回家中的时候，已经是下午两点多钟。

一走进书房，我就看到吉米坐在我的办公桌前。他明显地掩饰了一下惊讶的表情，然后站了起来。他的手里正紧紧攥着图威斯特博士寄给我的那几张纸。

"你看过了吗？"我激动地问他。

"看？……"他慌张地瞥了一眼那几张纸，然后把它们摆回桌面，结结巴巴地说，"没有，我在等你……我只是下意识地拿起了这几张纸……我……我没有看……"

"我回来得这么晚，希望你不要生气。我刚刚去散了个步，完全忘记了午饭的时间。"

"没关系，反正我也不饿。嗯，我约了个人，先走一步……"

这一天吉米再也没有露面，第二天，第三天也是如此。这异常的安静让我感到十分担心，于是我打了他的公寓电话，可是没有人接，我只好打给了门房：

"女士，您好，可以帮我找一下吉米·莱辛先生吗？"

"莱辛先生已经不在这里了。"电话里的人没好气地回答道。

"不在这里，是什么意思？"

"他不住在这里了，两天前就搬走了。"

"搬走！可是他搬去了哪里？"

"我不知道，他没给我留地址。我只知道他离开了英国，他跟我提起过美国，别的我就不知道了。"

我挂断了电话，顿时怒气冲冲。吉米竟然不辞而别，突然离开英国。这是什么意思？

电话铃声突然响起，打断了我的思绪。

"喂？"我不耐烦地说。

"罗纳尔德？"

"啊！图威斯特博士！听到您的声音真是太高兴了。我已经收到了您的信件，请允许我向您表达衷心祝贺！我万万没想到——"

阿兰·图威斯特十分反常地打断了我：

"今天傍晚您可以到我这里来一趟吗？"

"呃……我看看……好的，我有空。那就一言为定，我大概下午五点过来，您看行吗？"

"当然。什么事？噢，请进，医生！罗纳尔德，我先挂电话了，我的医生到了，我们一会儿见。"

"医生让我彻底戒烟！"图威斯特咆哮道，"我倒想问问！他说我应该爱惜心脏，这意思是说，偶尔抽上一袋烟，还能害了我不成？烟可是我思考问题的必需品！您知道这个混账医生还跟我说了什么吗？他说我应该感到庆幸，现在还能喝威士忌，当然只能少量地喝。让医生都见鬼去吧！"

发表完这些言论，他就拿出一个海泡石烟斗，塞满烟丝后，又点燃了烟斗。然后他便往后靠在椅背上，出神地望着海面。从客厅的落地窗望出去，可以看到远处的大海：外面狂风阵阵，玻璃窗不停作响，巨浪席卷而来，猛烈地拍打着沙滩。

"真是个鬼天气！"他有些怕冷，拢了拢身上别致的家居服，语气又平静了下来，"喝点威士忌就会好很多……您也顺便跟我说说最近过得如何。"

他站起来，伸展着修长的身体。博士的身形依然挺拔，除了园艺活动，他肯定还在坚持日常的体操锻炼。他朝酒柜走去，去拿威士忌。

博士简直就是个完美无瑕的人，但我没有因此而分心，向他提出了一个略带尖锐的问题：

"图威斯特博士，在故事的结尾，您为什么要让詹姆斯·史蒂文斯消失呢？我看不出这有何必要性。"

博士透过夹鼻眼镜，久久地看着我。

"不知您是否记得我们上次的谈话，"他下意识地理了理头发，"我向您提议写一本悬疑小说，您不需要考虑如何揭晓谜底。"

"我不是已经照您说的写好了吗？"

他激动地摇了摇头：

"不，您没有遵守游戏规则。您在书写情节的时候，已经对

219

结局了然于心。"

"我向您保证，事实并非如此。"我强烈抗议道。

"不！不！您肯定已经知道结局！故事中的多处线索都明确指出了答案，而且是唯一的答案！它简直昭然若揭，我没有耗费多少时间，马上就找到了它。"

"图威斯特博士，我可以向您发誓——"

"您可能还会说，"他温和地打断了我，"阿瑟·怀特也是您创造出来的角色！阿瑟·怀特可是个知名作家！"

我的脑海里突然灵光闪现：

"等等……阿瑟·怀特……听您这么一说，这个名字确实耳熟。"

"我就知道，"他凝视着烟斗中袅袅升起的烟雾，"阿瑟·怀特是个真实存在的人，他在清理猎枪时意外走火丧命，死亡时间是……1951年。两天之后，他的儿子亨利由于难以承受丧父之痛，投入泰晤士河自杀身亡……这与您的故事如出一辙。"

"那时我还不住在英国。噢，我想起来了，我听过这个故事，可能我下意识地把这些社会杂文当作创作素材了。真令人难以置信……"

图威斯特博士清了清嗓子，继而说：

"这不是创作素材，您的叙述与真实事件经过完全一致。读完您的故事后，我马上给我的老朋友赫斯特打了个电话，他曾是苏格兰场的首席警官，现在已经退休。我们进行了一次长谈，他清楚地记得作家怀特的意外死亡以及他儿子的自杀事件。我向他叙述了故事的另一个版本，也就是您的故事版本，您猜猜他是如何回应此事的？"

"……"

"在所有人看来，阿瑟·怀特的死是一场意外，直到有一天，大概是八年前，德鲁警官在临终前揭露了事情的真相！"

我不敢相信自己的耳朵：

"德鲁也是真实存在的？这不可能！他只是我创造出来的角色，而且……"

"不，亲爱的罗纳尔德，您没有创造任何角色，"博士扶了扶眼镜，认真地看着我说，"阿瑟·怀特、他的儿子亨利，以及在朋友死后的第二天失踪的詹姆斯·史蒂文斯，故事里的所有人物都是真实存在的。当然，有些姓名并不完全对应，但是这无关紧要，这场悲剧就如同您在故事里描述的那样，可以说分毫不差……"

"当然，德鲁警官的坦白成了一个被保守的秘密，其中原因您应该也可以想象得到：因为一个苏格兰场警官的错误指控，知名作家的儿子误以为自己是胡迪尼转世，从而杀死了自己的父亲！您可以想象，如果公众知道了这件事，这将成为苏格兰场的巨大丑闻！

"我寄给您的信，几乎分毫不差地记录了这场悲剧的真实结局。当然，这还要感谢赫斯特向我转述的德鲁警官的坦白。所以，我在信里也提到了，我成功地破解了这个谜团，但在书写结局的时候得到了贵人相助。没错，这场悲剧是真实发生过的，与您白纸黑字写下的故事……完全一致。

"而且，1951年12月，就在亨利·怀特死后的第二天，詹姆斯·史蒂文斯也失踪了……再也没有人见过他。"

博士的话音在沉默中逐渐消散，他认真地看着我的双眼，继续说道：

"亲爱的罗纳尔德，现在，请允许我问您一个问题：您是如何知道这件事的？这不可能是巧合，您一定是事先知道这个故事，您也知道不可能这么巧，对吗？"

我开始感到一阵奇怪的不安，脑子已经无法正常思考。

我沉默了片刻，却感觉像是永恒，然后我含混不清地说："图威斯特博士，我向您保证，我是凭直觉写完这个故事的……我的书桌上散落着一本关于胡迪尼的书……这就是我所有的参考来源……等等！我现在大概五十岁……如果詹姆斯·史蒂文斯还活着，应该也是我这个年纪！您看，我对自己童年和少年时期的事一无所知……1953年3月的某一天，加拿大警方询问了我的身份，当时我正筋疲力尽地走在路上……那是一条漫长的道路……我回答不出来……我什么都不知道，不知道自己是谁，也不知道自己从哪里来……我的身上没有任何身份证件。显然，警方作了一些调查，但都无疾而终。加拿大和美国的失踪人员档案中，没有任何符合我体貌特征的存档。他们估计我当时大概二十五岁，给我取了名字叫罗纳尔德·鲍尔斯。没错,我就是人们所说的失忆症患者。我去看了各种各样的专科医生,但都无济于事。最后我放弃了抗争,接受了自己的现状。六十年代初,我离开加拿大来到英国,开始从事记者的职业,直到有一天……接下来的事就不用我说了,您很清楚我的职业生涯。

"所以,我可能就是1951年12月失踪的詹姆斯·史蒂文斯!所有的日期都能对应上……这简直太不可思议了……我不敢相信……"

图威斯特博士瘫坐在扶手椅上,闭上眼睛,和蔼可亲的脸上浮现出畅快满足的神情。他扶了扶时常滑落的夹鼻眼镜,向我投来一个微笑:

"亲爱的罗纳尔德,您说得没错,这确实很有可能。当我得知您的故事并非虚构,而是确切存在的事实,而且确实有个叫詹姆斯·史蒂文斯的人在1951年12月的某天夜里神秘失踪时,我就去调查了您的身世,那时我才知道您是失……才知道您失去了记忆,没有人知道您的身世。没错,我的朋友,您很有可能就是詹姆斯·史蒂文斯,"他停顿片刻,继而说,"无论事实如何,我们很快就会揭晓答案了!"

我惊得目瞪口呆。

博士侧过身去,从旁边的桌上拿起一个大信封,举在手里得意地挥舞着。

"应我的请求,赫斯特给我寄来了怀特案件的一部分档案,里面应该有詹姆斯·史蒂文斯的照片,"他凝视着还未拆封的信封,"我今天早上才收到信件,然后马上给您打了电话。我想,还是请您亲自打开吧……"

我的心扑通直跳,几乎是从博士手里夺过了信件。我撕开信封,拿出了档案。过了一会儿,我高兴地惊叫:

"是我!我就是詹姆斯·史蒂文斯!这太不可思议了!博士,您看这张照片,是我……虽然照片上的我要年轻好几岁……所以,我确实是詹姆斯·史蒂文斯,我简直不敢相信!"

我拿出自己的钱包,从里面抽出一张肖像照,摆在那张照片旁边进行对比:

"您看,这张照片是我三十岁的时候拍的……现在您可以和档案里的照片对比一下……毫无疑问,我就是詹姆斯·史蒂文斯!"

"两张脸一模一样。"图威斯特博士点头说道。

就在他认真检查两张照片的时候,我向他吐露了真心话:

"老实说,刚刚有那么一瞬间,我以为吉米·莱辛……您认识他吗?就是那个郁郁不得志的剧作家……总之,我们正在进行某种程度上的合作。他经常为我的小说创作提供一些素材。我还在想,我是不是下意识地使用了一些他提供的故事情节。他也不是英国本地人,是美国人。我还以为吉米·莱辛就是,不,不是詹姆斯·史蒂文斯,而是亨利·怀特!是的,这是有可能的。如果事实确实如此,那他自然也是知道这件事的。三天前,我撞见他正在翻阅您寄给我的信件,从那以后,他就消失了!他好像还离开了英国!"

博士似乎并没有在听我说话,他眼神迷离地说:

"您叙述故事的视角十分奇特……我是说故事的讲述者,也就是詹姆斯·史蒂文斯。我们很难察觉到这个人物,这是个暗淡无光,没有任何个人特征的角色。读者既不知道他的喜好,也不知道他的兴趣所在……什么都没有。我们几乎很难了解他的个性,只知道他有厌女情结:在他的描述下,女人都是愚蠢的,无知的,专横的,无足轻重的,或者是阴险狡诈的。在他眼里,只有一个女人值得称颂,那就是怀特夫人,她的善良和大度得到了大书特书……"

听到这样的评论,我有些恼怒,抬高嗓门回应道:

"我刚才想跟您说的是,吉米·莱辛如此突然地离开英国,我怀疑他就是亨利·怀特。不过这种想法很愚蠢,因为亨利·怀特已经葬身于泰晤士河……"

"这只是人们的猜想,"图威斯特博士已经换了语气,"虽然人们从未找到他的遗体……河水冰冷刺骨……正常人类是无法抵御的……"

"不过这都不重要了,"我感叹道,"我还是无法相信……我就是詹姆斯·史蒂文斯。博士,您换位思考一下,我……图威斯特博士!您这是怎么了?"

他的脸色变得十分阴沉,眼神中透露出莫大的哀伤,额头上开始布满细密的汗珠。他聚精会神地看着档案里的照片,刚才他把照片翻到了反面。

"罗纳尔德,这确实是你的脸,"图威斯特博士的声音里充满了极度震撼,"这一点毋庸置疑……但是照片背面还写着一行字。照片上的人不是詹姆斯·史蒂文斯……而是……亨利·怀特。"

读客®
悬疑文库
认准读客读悬疑，本本都是大师级。

专注出版中、英、美、日、意、法等世界各国各流派的顶尖悬疑作品。

为读者精挑细选，只出版两种作品：
经过时间洗礼，经典中的经典；口碑爆表、有望成为经典的当代名作。

跟着读客悬疑文库，在大师级的悬疑作品中，
经历惊险反转的脑力激荡，一窥人性的善恶吧。

扫一扫，立即查看悬疑文库全书目，
收集下一本精彩悬疑！

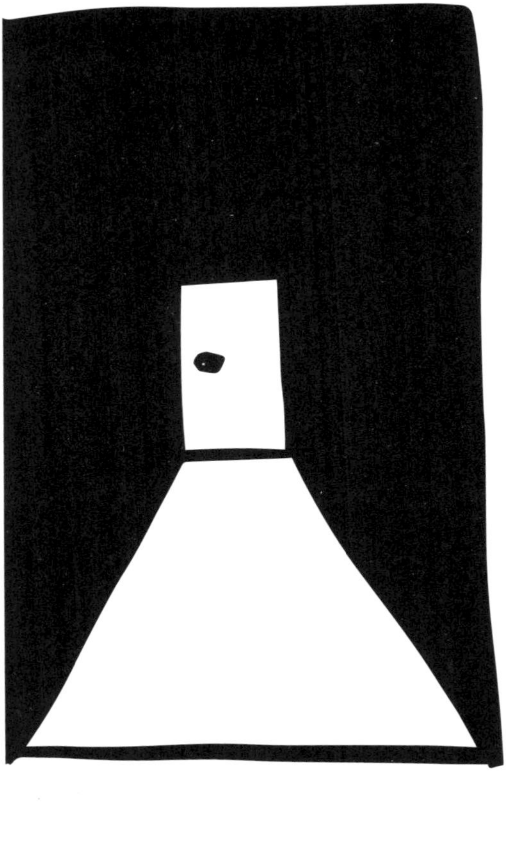